dtv

»Es ist seltsam, wie viel wir erfinden müssen, um das Leben zu verstehen, denn was wäre die Realität ohne die Einsicht ihrer Erfindung, was für einen Wert hätte die Wahrheit ohne den Komfort des Humors und welche Wahrheit die Liebe ohne das Schicksal jener, die leiden?«
Wolf Wondratschek

Wolf Wondratschek, geboren 1943, lebt in Wien. Sein Gesamtwerk erscheint im dtv. Beachten Sie dazu bitte die Anzeige am Ende des Buches.

Wolf Wondratschek

Saint Tropez

und andere Erzählungen

Deutscher Taschenbuch Verlag

Ungekürzte Ausgabe
April 2008
Deutscher Taschenbuch Verlag GmbH & Co. KG, München
www.dtv.de
Lizenzausgabe mit Genehmigung des Carl Hanser Verlag
München Wien

Umschlagkonzept: Balk & Brumshagen
Umschlagfoto: Corbis / PictureNet
Satz: Filmsatz Schröter, München
Druck und Bindung: Druckerei C. H. Beck, Nördlingen
Gedruckt auf säurefreiem, chlorfrei gebleichtem Papier
Printed in Germany · ISBN 978-3-423-13647-1

Saint Tropez

Als Junge bin ich lange ziemlich vernarrt gewesen in ein Spiel, für das ich zuerst die Freunde unter meinen Klassenkameraden zu begeistern versuchte, dann, nachdem deren Interesse schnell nachgelassen hatte, meine Mutter, die es aus gewohnter Geduld mir und meinen Einfällen gegenüber auch einige Abende lang tapfer über sich ergehen ließ, dann aber kapitulierte; ich erhielt zum Trost einen Kuß. Sie behauptete, nicht die geringste Begabung dafür zu haben, sich etwas auszudenken, und jede Anstrengung dieser Art, sie kenne das, würde bei ihr unweigerlich Kopfschmerzen auslösen – die vorzutäuschen sie allerdings begabt genug sei, wie mein Vater in gutmütiger Kürze ergänzte. Er selbst übrigens hatte jede Mitwirkung von vornherein immer kategorisch abgelehnt und war trotz aller Bitten noch nicht einmal zu einem Versuch zu dritt zu bewegen gewesen. Tut mir leid, mein Sohn, aber ich kann einfach nicht riskieren, daß du deinen Vater auch noch wegen dessen Einfallslosigkeit, was solche Spielereien betrifft, verachtest. Ich bin noch unbegabter als deine Mutter, die mir übrigens, als wir noch jung und frisch verliebt waren, wundervolle Briefe geschrieben hat, richtige kleine Kunstwerke. Wie dick mit Honig bestrichene Butterbrote! Sie bat ihn, nicht zu übertreiben, was ihn natürlich erst recht veranlaßte, ihr Komplimente zu machen.

Ich war gekränkt, nicht länger die Hauptperson und plötzlich weiter nichts zu sein als ein die Stimmung der beiden störender, allenfalls geduldeter Augenzeuge, und fühlte mich so hilflos wie jeder Junge meines Alters, wenn er im Kino sitzt und ein Liebespaar in Großaufnahme vor der Nase hat, das drauf und dran ist, sich zu küssen. Die Lektion, daß ein Spiel unterbrochen und spielerisch jederzeit in ein anderes verwandelt werden kann, hatte ich noch nicht gelernt. Was blieb mir mit meinen drei gespitzten Bleistiften in der Hand am Ende also übrig, als mich, von allen im Stich gelassen, auf mein Zimmer zu verziehen und mich dort allein mit meinem Zeitvertreib zu vergnügen.

Worum es ging? Ein Stück Papier, ein Bleistift und drei beliebige, möglichst natürlich aufregend unzusammenhängende Wörter, die man sich ausgedacht und aufgeschrieben hatte, genügten, um die Sache in Schwung zu bringen. Das eigentliche Spiel bestand danach darin, entweder einfach nur mit den gegebenen Wörtern einen Satz oder gleich eine ganze Geschichte zu bilden. Ein, wie Sie sich sicher erinnern, nie recht in Mode gekommenes Gesellschaftsspiel, das völlig zu Unrecht, wie ich finde, im Verdacht stand, dem Schreckgespenst eines Intelligenztests zu ähneln, dem Ernstfall eines Examens, einer jedenfalls leidigen Haus- oder Prüfungsaufgabe, die viele der Einfallslosigkeit überführen und mit Geschick doch wohl nur die Phantasiebegabteren bestehen könnten, was in der Schule erfahrungsgemäß immer die waren, die man beim Fußballspielen nicht gebrauchen konnte und deshalb notgedrungen weit weg ins Abseits zweier Torbalken stellte. Daß ich dort eine von allen anerkannte gute Figur machte, erhöhte jedoch meine Chancen, doch noch den einen oder anderen zum Mitmachen überreden zu können, nicht im geringsten.

Ich habe danach nicht mehr oft daran gedacht, bis mir eines Tages etwas in die Hände fiel, das mich wieder an den Jungen erinnerte, der ich vor fünfzig Jahren gewesen war, an die tagelang trotzig verschlossene Tür meines Zimmers, die mich vor dem blamablen Desinteresse meiner Mitmenschen schützen sollte, an die Paraden und glücklich gehaltenen Elfmeter, an die reizbare Hilflosigkeit meiner Mutter und das Mißtrauen meines Vaters der genügsamen Zufriedenheit seines Sohnes gegenüber, der einfach nicht dazu zu bewegen war, sich für etwas anderes als sich selbst zu interessieren – und, das vor allem, an eine erstaunliche, aufregende und, wie sich herausstellen sollte, auch folgenreiche Entdeckung, denn zum ersten Mal schaute ich von mir erfundenen Sätzen ins Gesicht – und lange dauerte es nicht, und ich betrat die vielfach verspiegelten Kabinette mir bis dahin völlig unbekannter Geschichten.

Ich hatte an diesem Tag auf dem Tisch, der bei mir als Ablage für alles zuständig ist, eigentlich nur nach dem Verbleib eines Zettels mit Telefonnummern gesucht und als Trost schließlich ein Blatt mit seltsamerweise genau drei mit Bleistift (einem breiten, samtweichen B8) hingekritzelten Wörtern in der Hand, die ich hier wiedergebe:

Der Junge
Saint Tropez
Schauspielerin

Der Rest nichts als die schreckliche Einöde einer leeren weißen Seite.

Ich sollte Ihnen eine Begegnung mit der Eigenart dieser Unordnung nicht vorenthalten, diesem sich flüsternd auftürmenden, einem Nestbau ähnlichen Gebilde, dem jeden Abend vor dem Einschlafen mein letzter Blick galt, als habe der Magnetismus kommender Träume ihn dorthin gelenkt.

Es liegen hier, neben einer Ansammlung von sonstigem Krimskrams, alle Arten von in Mappen aufbewahrten Papieren herum, freigegeben zur Enträtselung. Notizen, Botschaften, Reste einer Begeisterung, aus Zeitungen gerissene Artikel, speziell jene, in denen die Zahl »23« eine Rolle spielt – »23 Buckelwale vor der Küste Kaliforniens verendet«, »Der Dreiunddreißigjährige tötete die elf Jahre junge hoffnungsvolle Ballettschülerin mit 23 Messerstichen«, »William Shakespeare, Shirley Temple und Vladimir Nabokov sind am gleichen Tag geboren, dem 23. April«, wobei Shakespeare auch noch das Kunststück gelang, an einem 23., ausgerechnet auch noch an einem im April, an seinem Geburtstag also, zu sterben –, eine Zahl, deren Bedeutung mir entfallen, die aber irgendwie bei mir hängengeblieben ist. Und erst meine Sammlung von Namen! Mein Gott, Namen, was alles für Namen, das ganze olympische Register von Polly Apfelbaum bis Adele Zuckerkandl, die Herren Fernand Khnopff und Otto David Langsam hinzugerechnet. Seit ich in Wien wohne, habe ich sie wiederentdeckt, lese sie auf den Schildern alter Ladengeschäfte, den Klingelschildern der Wohnhäuser, an denen ich vorbeispaziere, oder auf Grabsteinen mit einer Begeisterung, als wolle ich sie für immer im Gedächtnis behalten. Ich suche inzwischen sogar schon bei meinem Antiquar die Regale nach Verzeichnissen mit Namen ab; letzte Woche erst habe ich etwas gefunden und natürlich gekauft, ein in Leinen gebundenes Verzeichnis, erschienen anno 1907 in Wien und nicht eben billig, mit nichts als den Namen (inklusive aller Adels- und vom Kaiser verliehenen Ehrentitel) der Mitglieder des Jokkey Clubs für Österreich. Aber nicht nur Kostbarkeiten wie dieser Fund stapeln sich auf dem Tisch hier, sondern haufenweise aus meinen Notizblocks herausgerissene Seiten, voll mit kuriosen Begegnungen. Zitate aus Büchern treffen zusammen mit der genauen Uhrzeit einer Verabredung, eine erratische Behauptung wie die, daß die wirklichen, die wissenden Dichter, die wahren Seher und Propheten nicht etwa die Poeten, sondern die Mathematiker, die Physiker, die Wissenschaftler seien mit ganz praktischen Ermahnungen, der etwa, beim Einkauf am Wochenende nicht wieder, wie ich mir (zu spät zumeist) dann immer vorwerfe, mit dem Geld zu geizen, insbesondere nicht bei Olivenöl und Honig; es grüßen sich Frage- und Ausrufezeichen, untermischt mit Stichworten, ganzen Listen von zum Teil unleserlichen Stichworten, wie ich sie vor dem Hinüberdämmern, und oft ohne deshalb extra Licht machen zu wollen, einfach auf ein immer in Reichweite liegendes Stück Papier kritzle, kaum entzifferbare Zeilen, zerdehnt wie die Schrift eines bereits Eingeschlafenen. Das Universum braucht Hilfe, die Hilfe eines Kindes! Die hätte, steht daneben, bitter auch jener Schriftsteller nötig gehabt, der verzweifelte, weil ihm nie jemand applaudierte, nicht einmal seine Schreibmaschine. Hier zum Beispiel, was haben wir hier? Einen von seinem Schein verwirrten Mond. Nicht schlecht, mehr aber auch nicht. Sie onanierte zur Musik von Bellini-Opern, schau an. Das schwere Schweigen ihrer Augen. Weiße Wimpern. Alle im Raum Anwesenden erschienen mir von verletzender Fröhlichkeit. Kampf um keine Gefühle (unterstrichen auch noch, warum nur?). Und was soll das sein? Wer in einem leeren Zimmer sitzt, sollte nicht in die Ecken schauen! Aha! Keine Ahnung, was ich gemeint haben könnte! Ich werde sicher irgendwann mal ein Zimmer leer räumen, ich kenne mich, und mich versündigen; und etwas Unsichtbares entdecken, etwas wie die Einkleidung einer Braut, ein ausblutendes Lamm, eine Kreuzigung. Weg damit, sagt mein Verstand. Aufbewahren, alles aufbewahren, sagt die Erfahrung. Warst Du nicht manchmal mit mir in der tiefen Höhle der Champagnergläser, wo die roten Lobster herumkriechen und schwarze Kellner die roten Rumbas servieren? – ein Zitat offenbar, nur von wem steht nicht daneben. Und hier? Sie geht wie auf weißen Handschuhen. Und darunter (kaum zu entziffern): Einer geht die Welt besuchen wie ein Gast, der am Abend noch anderswo eine Verabredung hat. So geht das weiter. Andere haben Karteikarten, ich einen Saustall.

Ich werde die weißen Handschuhe bei Gelegenheit den kleinen Füßchen einer Frau überstreifen und sie damit eine Straße entlanggehen lassen, mit einem Gang, den man mit Schuhen einfach nicht hinkriegt. Sie schwebt, ein bißchen ungeschickt zwar noch, aber ohne doch groß den Boden zu berühren; das erledigt eine Federboa, die sie hinter sich herschleift. Ob es vernünftig ist, nichts zu essen außer zum Tee etwas Konfekt? Sie scheint sich jedenfalls erfolgreich dem Gewicht ihres Lieblings angepaßt zu haben, der Miniaturausgabe eines Malteserhündchens, das sie Gassi führt. Ich glaube nicht, daß der junge Bursche, der da behaglich im Zentrum eines Sonnenstrahls an der Hauswand lehnt, dafür Augen hat; es sei denn, er entdeckt, was wirklich Gewicht hat: ihre Klunker! Sie hat ihre Finger mit Gold, ihren Hals mit einer dreifach geflochtenen Perlenkette herausgeputzt. Die ganze Dame ist eine Schatztruhe. Könnte es sein, daß er Geld braucht, Verbrecher verehrt, geschickte Diebe? Daß er verrückt nach dem Ruhm ist, den in den Filmen, die ihm gefallen, Gesetzlose genießen, verrückt nach der Fama ihrer Unsterblichkeit, der Endgültigkeit einer Tat? Er will kein Mörder werden wollen, nein. Das Kunststück eines Einfalls sollte genügen, sie ein wenig auszurauben. Und Einfälle traut er sich zu. Da er gerade weiter nichts zu tun hat, geht er ihr hinterher, was nicht einfach ist, weil die beiden nicht recht vorwärtskommen; es geht zu langsam, es gibt zu viele andere Zwei- und Vierbeiner. Daß sie am Ende der

Rue Allard ein Taxi anhält und einsteigt (und fort ist sie!), macht nichts. Er hatte ohnehin nur vorgehabt, den Tag zu verbummeln und dann die Küste entlang Richtung Marseille abzuhauen.

Ich halte die Nachricht mit den drei Wörtern immer noch in der Hand, den angedeuteten Gruß einer ungeschriebenen Geschichte.

Ausgeschlossen, daß ich mit dem Gedanken gespielt haben könnte, mir eine Liebesgeschichte ausdenken zu wollen, eine auch noch, die in Saint Tropez spielt, zwischen einem Jungen (wie alt?) und einer Schauspielerin, einer Filmschauspielerin meinetwegen, und der Junge, ein schlaffer, immerzu schläfrig wirkender Snob, hat sie in der Hand (und die Hand auf ihrem Geld), weil er minderjährig ist – was sich nach seiner Verhaftung dann allerdings als Lüge herausstellt, aber er hat sie, um sie erpressen zu können, einen Sommer lang erfolgreich im Glauben gelassen, sich wegen ihrer intimen Beziehung strafbar gemacht zu haben – und in die Frau alles andere als verliebt (was stimmt). Ich hätte die Filmrechte verkaufen und mir endlich ein ordentliches Telefonbuch und einen Stapel Karteikarten leisten sollen.

Schon eher könnte es sein, daß ich in Cafes herumgesessen und in Zeitungen geblättert habe – und dabei irgend etwas aufgeschnappt habe von einer, na ja, einer Hollywooddiva, deren einziger und von ihr vergötterter Sohn heroinsüchtig ist. In einem Film von Bernardo Bertolucci, La Luna, ist der Sohn genau das, seine Mutter allerdings eine Opernsängerin (Mezzosopran), die mit ihrem Adonis von Sohn tatsächlich sogar Inzest begeht. Sie hat eine Schönheitsoperation (nach einem Autounfall) hinter sich, eine Scheidung (*eine* nur, wie sie in Interviews gern betont) und ihren insgesamt dritten Nervenzusammenbruch, den fröhlichen ersten als Teenager. Auch daraus macht sie kein Geheimnis. Wieso auch, es ergab sich so und hat sie, als es sich wiederholte, nicht einmal mehr gewundert. Auf die wenig belastbaren Nerven, die sie von ihrer Mutter geerbt hat, war kein Verlaß. Sie hätte natürlich, wirft sie sich jetzt vor, weniger Filme drehen oder sich weniger oft mit ihren Regisseuren anlegen können. Sie hätte weniger trinken und auf manche der üblichen Dummheiten danach verzichten sollen, nach den Partys. Ihre Hauptbeschäftigung derzeit: einem schwulen italienischen Exmaoisten, einem inzwischen auch international gefragten Star unter den Innenarchitekten, ihre Wünsche zur Umgestaltung ihres Anwesens zu erläutern und sich von der Idee zu verabschieden, ein Leben ohne den Schutz purpurfarbener Seidentapeten für eine Zumutung zu halten. In Saint Tropez haben solche Leute Villen, ich weiß das, ich kann sie sehen; sie hängen wie glitzernde Schneeklumpen an der Küste, überdacht von Pinien und importierten Palmen.

Ich stelle mir vor, ein Filmproduzent sucht für eine Schauspielerin, in die er sich verliebt hat, die richtige Rolle, die Rolle ihres Lebens. Auf ihrem Nachttisch, so weit ist er schon vorgedrungen, sieht er einen Band mit Gedichten liegen, was ihm mißfällt. Was ihn interessiert, als er das Buch aufschlägt, sind nicht die Gedichte, sondern einzig und allein die Stelle, in die ein Lesezeichen eingelegt ist. Zwei Gedichte, die er überfliegt, aber nur das auf der linken Seite, ein kurzes, aus nur drei Wörtern bestehendes, das er zuerst liest, inspiriert ihn. Da ist sie doch, denkt er, das ist doch die Rolle, über die er sich, seit er sich verliebt hat, den Kopf zerbrochen hat. Sie spielt, was sie ist: eine Schauspielerin, eine Filmschauspielerin, wenn sie will, eine Frau, die nicht denkt (sein Einfall!), es sei denn, und das am liebsten, mit den Hüften, mit der Haut, mit Haut und Haaren, eine, die, wenn sie Nein! sagt, das auch ihre Fingernägel sagen lassen kann. Eine Frau mit Geschmack, eine Frau in der verletzlichen, kostbar kurzen Blüte vor dem Verblühen, diesem ersten hingehauchten, schmelzenden Adieu der Schönheit, die bekanntlich einen Betrachter mehr entzückt als das vom Gedanken an die Vergänglichkeit geplagte Opfer. Sie hat einen Mann, den sie liebt, liebt mit der stillen hellen Kraft einer nie enttäuschten Kinderseele, was sie dennoch nie abgehalten hat, Liebhaber zu haben, intelligente, vielseitig verwendbare, in den meisten Fällen ebenfalls wie sie glücklich verheiratete Männer, und zwischendurch, selten, die eine oder andere Affäre. Er ist schwer zu bremsen, wenn er aus dem Nichts, aber in Leinwandgröße eine Frau modelliert, die ihm auch privat gefallen würde, wobei er ganz vergißt, daß es dieses Mal umgekehrt ist. Einen Film mit ihr drehen ist seine Art, ihr den Hof zu machen. Beginnen wird es am Drehort, in einem Hotel. Es wird gutgehen, bis zur Premiere. Sie werden ein Liebespaar sein, bis ihn sein Beruf zwingt, die Liebe nicht wichtiger zu nehmen als seine Arbeit. Wer den Jungen spielen soll, weiß er auch schon. Das hat ihn nach oben gebracht, seine Schnelligkeit, seine, wie er sie liebevoll nennt, verdammte Schnelligkeit.

Er sichert sich die Rechte an dem Gedicht. Was natürlich, wie ihm klar ist, völlig lächerlich ist, wenn auch, soweit er weiß, im internationalen Filmgeschäft einmalig: einem, der gerade mal drei Wörter auf ein Blatt Papier gerotzt hat, ein Vermögen zu zahlen. Als Erwähnung in einer Autobiographie allerdings ist es genau die Art Anekdote, die er in Büchern so liebt – und also, entscheidet er, das Geld wert. Wie sonst soll er den Dummköpfen, die ihn trotz der Filme und Schlagzeilen, die er produziert, unterschätzen, klarmachen, zu welch poetischer Geste ein Mann fähig war, der seinen Lesern eines Tages gleichwohl versichern wird, daß er diese Kanarienvögel – so nennt er die Dichter! – nie ausstehen konnte.

Ich kenne Filmproduzenten, vor allem einen, der immerhin, wenn er mich sieht, noch Zeit für eine Zigarette und ein paar Freundlichkeiten hat, gleichzeitig aber mit seinem Büro oder Chauffeur telefoniert. Eigentlich, mein Junge, machst du alles falsch, sagt er zwischendurch – was, wie ich ihn kenne, zärtlich gemeint ist, fast ein wenig eifersüchtig, seit er weiß, daß Frauen Gedichte lesen, sogar Frauen, die gut im Bett sind. Ich werde zurückkehren, mit dunkler Haut, wild leuchtenden Augen, eisernen Gliedern, mit starren Zügen, daß man glauben muß, ich gehöre zur Rasse der Starken; ich werde Gold haben, ich werde faul sein und brutal – so oder so ähnlich eine seiner Phantasien, wenn er getrunken hat. Auch wenn er nicht über die humoristische Selbstgenügsamkeit des Genies, das er gerne wäre, verfügt und er am liebsten mit dem Rücken zu seinem Publikum säße, soll die Welt seinen Aufenthalt auf ihr zur Kenntnis nehmen. Er reißt nach dem Aufwachen (gegen Mittag!) die Vorhänge auf, als erwarte er Applaus. Aus schierer Begeisterung über das taktvolle, von einer zurückgelassenen Nachricht beglaubigte Verschwundensein einer Nachtbekanntschaft, die ihn nach Hause verfrachtet haben muß, könnte er sich mit einem Doppelsalto verbeugen vor ihr. Dieser schöne, kraftvolle Gedanke verkümmert allerdings nahezu vollständig bei der ersten Berührung seiner Atemwege mit frischer Luft, denn die nächste halbe Stunde schüttelt ihn erst einmal ein (ihm allerdings wohlbekannter) Hustenanfall, während dem er nicht viel mehr zustande bringt, als ein paar wenig schmeichelhafte Vermutungen anzustellen über den Ablauf der vergangenen Nacht, ausgehend von einigen verstreut um sein Bett herumliegenden Videokassetten, erotisch aggressiver Billigware, die ihm, als er sie sieht, restlos die Lust nehmen, sich weiter mit der Rekonstruktion der vergangenen Stunden abzumühen. Er kennt sich, kennt den Junggesellen, der hier genächtigt hat, lange und gut genug, kennt dessen rohe, jedes Anstandsgefühl außer Kraft setzende Rücksichtslosigkeiten, und er kennt, wenn er es hinter sich hat, sein Bedauern. Wie immer nach dem Erwachen beschäftigt ihn das Bedürfnis, eine Geliebte (nur welche?) um Liebe zu bitten und die allzu verräterischen Requisiten noch vor dem Zähneputzen zum Abfall zu befördern! Nicht daß sich eine je beklagt hätte, das nicht, und nicht eine war jemals wirklich schockiert gewesen, aber es ist, was sie gesehen haben, das, was im Gedächtnis bleibt. Es ändert alles. Es ist jetzt nicht mehr so einfach, ihn kennenlernen zu wollen. Um es sein zu lassen, müßte er sich verlieben, denken sie, und sind, wenn er anruft, wie beim ersten Mal unentschlossen, ungeschickt. Sie verabreden sich. Er läßt nicht locker. Er ist selbst in seiner Hilflosigkeit stärker als sie. Dem Mann, der nach Mitternacht mit den Rosen auftaucht, kauft er alles ab, was er hat – und umarmt die Beute. Er liebt Dornen; und fegt mit ihnen die Gläser vom Tisch, ein Privileg, dessen Kosten sein Büro anstandslos begleicht. Er mag, wenn er blutet, Stierkämpfer, Napoleon, die Stimme der Callas. Warum nicht, nur daß seine Entschlußkraft im Moment (wieder einmal) zu sehr durch die Anstrengung geschwächt ist, sich erst einmal Schicht für Schicht frei zu husten. Es hat etwas Hoffnungsloses. Ein Blick auf die Uhr befiehlt ihm, das Schlachtfeld sich selbst (und seiner wenig pingeligen Putzfrau) zu überlassen. Der Dunkelheit in den Lungen und dem Getöse in seinem Schädel ist mit einem Gebet um Erlösung von allen Übeln der Leidenschaft ohnehin nicht beizukommen. Er kann sich, was die nukleare Energie seiner durch Erschöpfung und Gleichgültigkeit gereizten Sinne betrifft, auch keine Reue leisten, nicht jetzt, wo er unter die Dusche und dort zur alten Stärke zurückfinden muß, bevor er das Haus verläßt.

Wir kennen uns lange. Vor zwanzig Jahren gab es kaum eine Nacht, in der wir uns nicht über den Weg gelaufen sind, beide angetrunken genug, um mit dem Trinken erst gar nicht aufhören zu wollen. Auch sonst konnten wir nicht aufhören, uns treu zu bleiben. Ich überließ ihm das Gold, er mir die Faulheit. Ich hätte ihm auch gern die Frauen überlassen, aber leicht war das nicht. Wir erledigten die Sache fair und per Handschlag. Wir ließen, was gefällt, sie entscheiden. Das letzte Wort ihnen, das letzte Glas uns. Faules Gold, glänzende Faulheit, unsere Chancen waren, sehr auch zu meiner Überraschung, ausgewogen.

An Saint Tropez selbst erinnere ich mich natürlich, ich habe dort schließlich lange genug und regelmäßig die Herbst- und Wintermonate in der Wohnung eines Freundes verbracht, allein, so allein, daß ich die Einsamkeit jedes anderen spürte. Ich zählte die Glockenschläge der beiden Kirchen, die, als lägen sie im Streit um die genaue Stunde, zeitversetzt läuteten; ich traute keiner der beiden, so wenig wie ich dem allnächtlich angestimmten Gelächter und Geschrei später Passanten traute, die unter meinen Fenstern einigen Lärm machten. Wer so laut ist, ist einsam. Es sind die Einsamen, die ich höre.

Ich will nicht behaupten, daß mein seelisches Gleichgewicht vom Anblick ungeheurer Wassermassen und einem ebenso wenig geheuren Himmel darüber abhängt, aber nach einer Nacht mit schweren Träumen tat ein Spaziergang einen langen weiten menschenleeren Strand entlang gut, im Winter besonders, vor allem ohne die Ablenkung, eine wasserscheue Undine im Schlepptau zu haben, ihr womöglich auch noch zuhören und antworten zu müssen. Der Raum war groß und still, eine Stille, die auch die gleichmäßig sich brechenden Wellen nicht störten, und schaffte Platz für etwas Mächtigeres und Dauerhafteres als die zufällige, hinfällige Existenz eines Beobachters, der darauf mit seinem Schweigen, seinem, seit seiner Ankunft, bis zur Absurdität ausgeübten Schweigen antwortete.

Erleichtert und vom Glück des Gehens ermüdet, schlief ich, ein Buch in der Hand und Sand zwischen den Zehen, meistens sofort ein, immer wieder von neuem überrascht, wie es mir gelang, eine lange Stunde mit dem ruhigsten Gewissen (und garantiert traumlos!) einfach einschlafen zu können, zu jeder Tageszeit. Vor dem Fenster schaukelten die Schiffsmasten, schmale bewegliche, mit bewundernswerter Präzision gearbeitete Gebilde. Noch beeindruckender als die Aufbauten der Takelage war die Musik, die sie produzierten, ihr Singen, Surren und Schlagen, nachts vor allem, wenn sich das Ohr ausruhte und zuhörte, wie das Wasser gegen die Hafenmauer klatschte und der Wind mit dem Tauwerk spielte, den Reffleinen, den metallenen Schnüren und Masten. Der Wind redete, der Wind hörte zu, zu Späßen aufgelegt oder tobend. Wie gern ich diese einzigartige Unterhaltung, beschützt hinter geschlossenen Fenstern, belauschte, wie wohlbehalten ich einschlief mit dieser Einladung an den Einsamen, aufzustehen und in See zu stechen.

Die meiste Zeit, das stimmt, lag ich ausgestreckt und angezogen auf dem Bett, schaute schläfrig über den Dorn meiner Stiefelspitzen (made in Texas) auf die Hafenmauer, auf den gegenüberliegenden Küstenstreifen mit den Hügeln, die schmale Linie Wasser dazwischen, auf der bei Sonnenschein alles tanzte, das Licht, die Segelboote und, ausgestreut auf den Wellen, die vielen hellen federnden Punkte. Die Mädchen waren fort, die Möwen geblieben. Ich kam also immer genau richtig.

Die Minnesänger, diese gewitzten Wanderburschen mit den Lauten im Gepäck und ihrem auch im Freien unerschütterlichen Schlaf, hätten sich eine Möwe allenfalls am Spieß über einem Feuer gebraten schmecken lassen, gewürzt mit dem Genuß, ihr peinigendes Krächzen nicht länger ertragen zu müssen – was ich diesen Duzfreunden der Lerchen und Nachtigallen nachempfinden kann! Was eine Möwe so von sich gibt, ist, warum es beschönigen, mißraten, häßlich, irgendwie versalzen; keine Kadenzen, keine Koloraturen. Alles klingt mürrisch, unzufrieden, verärgert. Was für ein Kontrast zu ihrer Lufthoheit als Seglerin!

Ein Adler ist eine Majestät, der Spatz ein Komiker, die Nachtigall ein Klang, eine Erfindung, eine geheiligte, den Liebenden versprochene Legende und, wenn mich nicht alles täuscht, eine in Vogelgestalt verwandelte Frau. Was für die Möwe spricht? Nun ja, sie ist da, ich sehe sie! Und nicht eine, die ganze Brut, gebündelt in dichten, verwirrend kompakten Schwärmen, was kein Nachteil sein darf. Eine Nachtigall dagegen habe ich nie gesehen, nicht eine. Aber das Können der Möwe habe ich gesehen, ich mußte mich ja nur umschauen und staunen: über den Schlag ihrer Flügel, ihr freies Schweben, die Überraschung eines Stillstands mitten im Flug, den Beginn neuer gleitender Kreise, die Beschleunigung dann und, wenn es ihr lohnend erscheint, die Attacke! Ich reagierte auf den Sturzflug mit der gleichen Genugtuung wie ein Schüler, dem vom Lehrer die Richtigkeit seiner Antwort bescheinigt wird! Ist das nichts, dachte ich, eine Feder, die ein Stein sein kann, der fällt und der sich zurückverwandelt in eine Feder, die wieder ein Vogel wird? Ich gönnte ihr und ihresgleichen die Mahlzeit – ganz eigennützig schon deshalb, weil sie dann wenigstens den Schnabel hielten.

Selbstvergessen balancierte ich auf einem der Steinbrocken, die das Ufer befestigten, und schaute zu, was sie machten und wie sie es machten.

Gehören Vögel ins Diesseits oder Jenseits? Der das sagte, war ein Junge, acht, neun Jahre alt, der plötzlich neben mir stand und an dem mir zuerst nur seine am Nasenbügel zerbrochene und mit einem Klebeband notdürftig reparierte Brille auffiel, ein häßliches Ding, das ihn unnötigerweise völlig entstellte. Er sah damit für sein Alter auch noch bemitleidenswert klug aus. Eine Rauferei konnte nicht der Grund gewesen sein, auch nicht für die Kratzspuren über den Augenbrauen, denn wie ein Gassenjunge wirkte er wirklich nicht. Im Gegenteil! Sein schmales blasses Gesicht wirkte fein und übertrieben unruhig, wie von allem, was um ihn herum vorging, erregt, wenn nicht überfordert. Man sah es, aber mehr, als daß man es sah, spürte man es und bemerkte sofort noch Beunruhigenderes. Die durch die Haut hindurch sichtbar pulsierenden Adern, wie Intarsien eingelegte kleine Flecken, mal nah mal weniger nah unter der Oberfläche, eine ungewisse Unebenheit der Kopfform, die man an einer der Schläfen besonders deutlich wahrnehmen zu können glaubte. In ihm war ein Beben, eine angestrengte, äußerste Aufmerksamkeit, als stünde er immer vor einer nur einen Spaltbreit offenen Tür, hinter der sich noch erstaunlichere, erschrekkendere Dinge abspielen mochten. Dabei war er, wie ich spürte, schon jetzt bis zum Zerspringen ausgelastet, mit der Vielzahl ganz normaler, alltäglicher Sinneseindrücke zurechtzukommen. Mir geht es so nach übertrieben verabreichtem Genuß von starkem Kaffee.

So ungewöhnlich wie seine Frage war auch, daß er eine Antwort gar nicht abwartete, sondern über die Steine hüpfend wieder verschwand.

Er lief mir am Nachmittag wieder über den Weg.

Ich kenne dich, sagte er. Und lief weiter. Er entschuldigte sich beim Kotflügel eines Wagens, der ihn beim Überqueren der Straße gestreift und fast umgeworfen hätte und der die erste Lieferung der kommunalen Weihnachtsdekoration an Bord hatte. Lange konnte es also nicht mehr dauern, bis wieder die Busse mit den Touristen kämen.

Ich sah ihn abends vor dem Café des Arts stehen und die Boulespieler am Place des Lices beobachten, was er mit einer Konzentration tat, die größer schien als die der Männer, selbst wenn sie sich, mehr oder weniger umständlich, auf einen Wurf vorbereiteten. Die Flugbahn jeder Kugel riß ihn hoch, er stand dann für einen Moment auf den Zehenspitzen, streckte sich wie jemand, der in letzter Sekunde einem Wurfgeschoß ausweicht, und entspannte sich erst wieder, als sie aufschlug und ausrollte. Aber was heißt Entspannung! Sein Blick irrte hin und her, von jedem der Männer zu jeder ihrer Kugeln. Schwer zu sagen, ob ihm, was er sah, Freude machte oder ärgerte. Seinem Gesicht war nur anzusehen, daß er etwas nicht verstand.

Vor irgend etwas schien er Angst zu haben.

Dann, plötzlich, war er verschwunden.

Am nächsten Morgen – es regnete, aber die Sonne schien trotzdem, und ich drehte nach einem ersten Kaffee und dem Kauf einer Zeitung gerade meine erste Runde, den immer gleichen Weg an der Mole entlang zur alten Stadtbefestigung mit einer Schleife hinüber zum alten Hafen – entdeckte ich ihn, wie er sich mit der Besitzerin eines bunten, wie nach der Vorlage einer lustigen Kinderbuchseite eingerichteten Ramschladens unterhielt, einer breit ausgewachsenen Schwarzen aus Guadeloupe, die ich kannte, mit der die Leute hier aber wenig anfangen konnten, wie ich auch dieses Jahr wieder feststellte, mit ihr nicht und dem Trödel, den sie hortete, auch nicht. Manchmal besuchte ich sie, kaufte etwas, egal was, eine Kleinigkeit. Hauptsache, es war der reinste Kitsch, eine Rarität reinsten Kitsches sozusagen, und absolut unnütz, und sie hatte nicht umsonst auf Kundschaft gewartet. Ich versuche mich, während ich das schreibe, an wenigstens ein Objekt zu erinnern, das ich erstanden habe, und merke, wie mein Gedächtnis mich im Stich läßt, mich gleichzeitig aber offenbar trösten will und eine Art Spielzeug anbietet, einen froschfarbenen Kugelschreiber, der zwar nicht schrieb, nicht zwei Tage, dafür aber die Form eines Boxers hatte, der auf Knopfdruck Faustschläge imitierte, eine drahtgesteuerte

Links-rechts-Kombination. Und noch etwas: Sicher kennen Sie die Aufkleber mit den fluoreszierenden John-F.-Kennedy- oder Elvis-Porträts! Ich bin sicher, sie hatte solche, und ich habe mit denen, die noch klebten, letzten Winter den Eisschrank dekoriert.

Obwohl sie eine Schwarze war, wirkte sie, wenn sie schwitzte, noch schwärzer, sie glänzte wie künstlich bemalt, mit Ruß oder schwarzem Puder bestäubt; vielleicht war sie eine Mulattin, die bedauert, daß ihr Vaterblut ihre Haut nicht dickflüssiger geschwärzt und die deshalb mit Schwarzpulver nachgeholfen hatte. Wie auch immer, eine imponierende Erscheinung, das war sie, eine alte karibische Königstochter, die Kuriositäten (wie z. B. wasserfeste Streichhölzer) feilbot, zu dieser Vorweihnachtszeit natürlich bereits Christbaumschmuck, aber auch Luftschlangen, Radiergummis und Kaugummis.

Der Junge hatte offenbar gerade eine Packung gekauft, die er begutachtete. Ich blieb auf der anderen Straßenseite in Deckung. Es war spannender, entschied ich, ihm vielleicht einfach unauffällig ein wenig hinterherzugehen; was hätte ich Sinnvolleres auch sonst vorhaben sollen, noch dazu bei den über Nacht wieder frühlingshaften Temperaturen (und das Ende November), die diese Kostbarkeit einer Mittelmeerküste mit jenem berühmten transparenten Glanz überstrahlten, der einst die Welt hierher lockte, die feine Gesellschaft so zahlreich wie die armen Schlucker, die Gestrandeten und die Genies (wenn sie nicht beides in einer Person waren), die Maler, Spieler und, meine besonderen Lieblinge, die Hochstapler, diese übel beleumdete, aber elegante, illustre Berufsgruppe der vielfach verspiegelten Alleskönner, diese (beste Manieren wie selbstverständlich vorausgesetzt!) ebenso skrupellosen wie galanten Verführer, die ihre Opfer mit Komplimenten in jeder gewünschten Fremdsprache aussortierten und mit der nötigen Munition an Fachwissen erlegten, ob es sich um die Arbeit eines Paßfälschers handelte, um den Wert eines Colliers, die Aufzählung der Siege eines legendären Rennpferds oder die Qualität eines Hotels in einem von ihnen nie bereisten Erdteil. Sie machten eine Kunst daraus, ein Restaurant zu betreten, einem sie anknurrenden Hund Humor beizubringen und sich, falls es mißlang, für dessen Benehmen zu entschuldigen. Sie waren Strategen einer dekadenten Originalität, unterhaltsam, gebildet, schlagfertig, alles Eigenschaften, die man nicht lernen kann, nicht in Vollendung. Sie faszinierten durch Mut, Gerissenheit und Selbstvertrauen in einer Mischung kalkuliert aufgeschäumter Kälte. Nicht anders als bei einem gefälschten Papier oder einem Stein genügte auch beim lebenden Objekt ein Blick! Sie schauten einer Frau ins Herz, nicht in den Ausschnitt, was man nicht einmal von Exzellenzen wie exilierten Königen oder Diplomaten (selbst denen des Vatikans) immer behaupten konnte. Mit der Geduld einer Spinne ausgestattet, gaben sie den Genießer, nicht den Angeber. Die Könner unter ihnen waren, und ich kannte einige, aller Bewunderung würdig.

Ich glaube nicht, daß einer von uns, Sie oder ich, jemals jemand eine Packung Kaugummi haben essen sehen, wie der Junge es tat. Er war ein Stück weit die Rue Gambetta entlanggegangen und dann abgebogen und eine der steil ansteigenden engen Gassen hochgelaufen, Richtung Zitadelle, und hatte unter den Bäumen Aufstellung bezogen, um nach den Pfauen zu sehen. Ich tat das gelegentlich ebenfalls. Sie saßen gewöhnlich geräumig wie Möbelstücke und museal wie gewisse alte Damen auf den Ästen und hielten sich, wenn ich mir ihre Haltung so anschaute, wohl selbst für ausgestorben. Irgendwie schienen sie es sich nicht erklären zu können, wie sie da hinaufgekommen sind – und noch weniger, wie sie von da oben je wieder herunterkommen sollen. Und manchmal – und ich glaube einfach nicht, daß ich mir das nur deshalb einbildete, weil es mich unterhielt – schaute mich einer durch das Blattwerk an, als erwarte er, daß ich ihm trotz des Gewichts seiner umständlichen Garderobe herunterhelfen würde. Versuchte ich es, ich bin sicher, er wäre sich zu schade, auf das Niveau, das ich für ihn repräsentiere, hinunterbefördert zu werden. Ob sie klug sind? Und wo sind sie, wenn sie nicht da sind? Als der Junge kein einziges dieser Ausstellungstücke ausmachen konnte, begann er, den Boden nach einer ihrer Federn abzusuchen (vergeblich, wie sich herausstellte; zugeknöpft waren sie also auch!), und schlug dann den Weg ein, der um die Zitadelle herum bis hinunter zum Friedhof führt und dort weiter abfällt und in einen engen und in tückischen Windungen ins Schilf geschlagenen Pfad mündet. Er hatte sich dann aber, aus welchem Grund auch immer, anders entschieden, kehrte um und setzte sich oben auf eine der Bänke, von wo aus man einen herrlichen Ausblick genießen konnte über die Bucht, das Hinterland und, mit etwas Glück, bis hin zu den in der Ferne frei aufragenden schneebedeckten Gipfeln der Seealpen, und das in einem Licht, das selbst die ewig weißen Flächen dort oben blau einfärbt. Geraten Sie, wenn Ihnen danach ist, ins Schwärmen, es lohnt sich; vor allem nachts unter einem Himmel voller Sterne, unter denen ich es mir auf einer eben jener Bänke oft genug gemütlich gemacht habe, liegend, die Arme unter dem Kopf verschränkt und abwartend mehr als schauend, wartend auf das wünschenswerte Verschwinden meiner Schwerkraft, einer leichten, ganz unspektakulären Levitation und Sinnestäuschung wie der, die Sterne Musik machen zu hören, und was für eine, da sie ja alle vollzählig anwesend und vor Freude zu glänzen schienen (bis auf einige entferntere Verwandte, die über Mexiko musizierten), alle lebendig, der sichtbare Anfang der Unendlichkeit, was sonst, ein von einem orientalischen Elektriker entrollter Teppich mit beweglichen Mustern, der Würfelwurf eines Unbekannten, den die einen Gott, andere einen Wahnsinnigen nennen.

Nur glauben Sie nur ja nicht, daß sich ein Kind für das Angebot begeistern wird, jetzt still zu sitzen, den Blick schweifen zu lassen und sich von der trügerischen Anwesenheit dieser Ewigkeit auf Erden beeindrucken zu lassen. Der Junge machte da (da wenigstens!) keine Ausnahme. Er war allein, wie immer, und mit weiter nichts als dem Verzehr seiner Kaugummis beschäftigt. Er löste sorgfältig die Banderole der Packung, nahm einen Streifen heraus, schälte ihn aus dem Papier, betrachtete ihn kurz, roch daran und biß die Hälfte ab, kaute darauf herum und spuckte sie in eine Tüte. Mit der anderen Hälfte machte er es nicht anders. Mit dem Rest der Streifen auch, Hälfte für Hälfte, als nehme er eine Mahlzeit zu sich. Als sei ihm das Aroma, das er kaut, Nahrung genug. Ich war deshalb auch nicht groß überrascht, als ich bei unserem nächsten Zusammentreffen die Magerkeit seines Brustkorbs sah, die spindeldürren Arme, die Füße mit den knöchernen, unproportional langen Zehen. Er hatte nur seine Unterhose anbehalten und stand auf einem von sachten kleinen Wellen überspülten Stein. Ich hatte nicht die Geduld, das Ende seiner Vorstellung abzuwarten, und ließ ihn in Ruhe. Gesehen haben konnte er mich nicht, ausgeschlossen, doch er hob, als ich zurückschaute, den Arm und winkte.

Das nächste Mal, nahm ich mir vor, würde ich ihm ein paar Fragen stellen. Ich mußte ihn nur dazu kriegen, nicht gleich wieder davonzulaufen, und hatte deshalb, bevor ich das Haus verließ, eine Rolle Pfefferminz eingesteckt.

Ich entdeckte ihn, ohne groß suchen zu müssen, in einer kleinen krummen Gasse, in die sich nie ein Tourist verirrte. Er saß vor einer Steinstiege und starrte auf ein Loch neben einer der Stufen. Als er mich erkannte, warnte er mich, kein Geräusch zu machen.

Da wohnt sie, flüsterte er.

Wer?

Eine Maus.

Ich nickte. Glückliche Maus!

Glücklich?

Weil sie es mit Katzen zu tun hat, die sich schon morgens, wenn die Männer mit den Booten heimkommen, den Bauch mit Fischresten vollschlagen und sie in Ruhe lassen. Sie hat also gute Chancen, ziemlich alt zu werden.

Er starrte die Steine an.

Und jetzt wartest du, bis sie rauskommt?

Die kommt nicht raus, jetzt nicht mehr. Sein Blick war böse, als er aus der Hocke hochschnellte und mich ansah. Sie haben es vermasselt.

Stimmt, hatte ich. Mein Fehler. Ich versuchte, ihn wiedergutzumachen. Hier, wie wär's damit? Ich hielt ihm einen Pfefferminz hin.

Danke, sagte er und lehnte ab. Hab keinen Hunger.

Ach was, Hunger. Auf Bonbons hat man doch in deinem Alter immer Lust. Ich wartete. Wie wär's, nicht vielleicht doch eins?

Er zerbrach das Zweiglein, das er in der Hand gehalten hatte. Sie reden wie meine Mutter, die wiederholt auch immer alles.

Endlich! Eine der Fragen, die ich ihm hatte stellen wollen, war die nach seinen Eltern. Irgendwen in seinem Leben mußte es schließlich geben, der auf ihn aufpaßte. Wo ist sie denn, deine Mutter?

Da, wo wir wohnen! Im Hotel.

Aha! Und läßt dich einfach immer allein?

Es gab offensichtlich Katzen, die der Kampf um ihr Frühstück hungrig zurückgelassen hat; so eine bog gerade um die Ecke.

Na klar! Wie er das sagte, klang selbstbewußt, als sei,

was er den Tag über tun und lassen konnte, allein seine Entscheidung. Aber dann sah ich es. Er kratzte sich die Stirn, er reagierte. Macht mir aber nichts. Im Gegenteil.

Und warum?

Was warum?

Warum sie dich den ganzen Tag alleine läßt! Ich war mir sicher, daß es so war.

Weil sie einen Freund hat, einen neuen.

Nicht, sagte ich, nicht kratzen. Hör auf damit.

Er hörte nicht auf. Sie liegen im Bett und arbeiten. Irgendwas Wichtiges, wie sie sagt, und daß sie sowieso nicht draußen rumlaufen könne, weil sie keine Farbe bekommen dürfe und ich mich doch sonst auch am liebsten mit mir allein beschäftige.

Ich hätte fast den Fehler gemacht und gelacht. Seine Mutter liegt den ganzen Tag im Bett, und das nicht allein, und erzählt ihm, sie arbeite. Aber er sagte das, wie alles andere auch, ganz ernst. Und, hat sie recht?

Was recht?

Daß du dich ganz gut allein beschäftigen kannst?

Er überlegte, ob er Lust hatte, überhaupt weiter mit jemand zu reden, der ihn vielleicht nur ausfragen wollte. Und Sie, warum sind Sie immer allein?

Ich machte es wie er, ich ließ mir Zeit. Und die brauchte ich auch, denn was sollte ich dem Jungen antworten? Er war ein Kind, auch wenn er mich, wie ich glaube, mit einem Stirnrunzeln auf die Tatsache aufmerksam machen wollte, ihn nicht zu behandeln wie eines. Ihn mit einer nichtssagenden Freundlichkeit, einer aus dem Stegreif heraus erfundenen Bemerkung abspeisen?

Er lief weiter, ich neben ihm her. Er schaute überall hin, nur die Menschen, die es gab, ignorierte er. Mich auch, obwohl er sich Mühe gab, nicht zu übertreiben. Vielleicht wartete er einfach ab, ob und was ich antworten würde. Er strich mit den Handflächen die Hauswände entlang, untersuchte die Vegetation in den Zwischenräumen der Steine, alles, was da wuchs, Moose, Lavendel, Steinkraut, kleine Farne, ein Zweig, der zierliche Beginn eines Baumstamms, dessen Schicksal es sein würde zu verdursten. Ich sah ihm seine Freude an, in einer neuen Umgebung alles am Leben und in entsprechend blühender Unordnung vorzufinden. Deshalb war er gerne hier. Er hatte den ganzen Tag Zeit, sich nicht langweilen zu müssen, weil ja, wie er sagte, sonst nichts passierte.

Irgendwie war mir der Junge sympathisch, vielleicht gerade wegen seiner mürrischen, abweisenden Art, die, wie er kalkulierte, alle, die er nicht mochte, vertreiben würde. Nicht immer, sagte ich, viel zu selten eigentlich. Aber hier bin ich es, was die Hauptsache ist. Ich habe, wo ich wohne, nicht mal ein Telefon.

Ach so. Er schaute mich durch seine trüben Brillengläser an wie jemand, der ein Geheimnis gehört und die Botschaft verstanden hatte.

Ich hatte ihn! Für einen kurzen Moment war er, was ich natürlich ausnützte, tatsächlich sprachlos. Hör mal, sagte ich, wir sollten in der Apotheke was kaufen. Du blutest da oben.

Er befühlte seine Stirn und schaute dann seine Finger an. Nein, geht schon. Das bißchen Blut. Er schleckte es ab.

Keine gute Angewohnheit, den Schorf von einer Wunde zu kratzen. Vor allem nicht mit schmutzigen Händen.

Mach ich immer so, weil es nicht weh tut.

Die Katze beobachtete uns. Ich glaube, wir sind gerade dabei, deinem Liebling das Leben zu retten.

Jetzt hatte er sie auch entdeckt. Sie saß da und wartete.

Na ja, sagte ich, immerhin, bei einem so kurzen Leben kommt es auf jeden Tag an, auf jede Stunde.

Ich mag Katzen.

Oh ja, ich auch, sehr sogar, aber Mäuse stehen nun mal ganz oben auf deren Speiseplan.

Er schwieg wieder.

Und die Brille, was ist mit der passiert? Ich versuchte einfach, das Gespräch nicht abreißen zu lassen, und beneidete ihn um den Vorteil, die Arbeit ganz mir überlassen zu können. Kinder können das. Sie bringen keinen Ton heraus, wenn sie nicht wollen. Sie können halbe Tage schweigen, können tagelang das Reden einstellen, ohne jede Mühe. Sie machen nicht deshalb den Mund auf, nur weil es sie stören könnte, daß eine Pause entsteht – eine in der Regel jedem Erwachsenen peinliche Pause, weshalb sie dann einfach etwas sagen, etwas wiederholen, etwas reden müssen, irgendwas, nur weil sie die Stille nicht ertragen, den Angriff eines Blicks oder das Gefühl, nicht unrecht zu haben, wenn sie nicht gleich etwas zum Besten geben. Für Kinder ist eine Pause ein Kampfplatz, auf dem ein Duell stattfindet, eine hochwillkommene Schlacht, bei der Kinder alle Tricks kennen und beweisen, was es heißt, die besseren Nerven zu haben. Ich weiß nicht, wann dieses Talent, eine Pause nicht als unerträglich zu empfinden, verlorengeht, aber so ist es, es geht verloren. Ich kann es an mir selbst beobachten.

Nichts. Ich hab sie genommen und zerbrochen.

Ich mußte lachen. Er hat sie genommen und zerbrochen! Er hat der aufdringlichen, mit allen Signalen des Sichtbaren bewaffneten Welt den Volltreffer eines Kinnhakens verpaßt, peng! – was mir auf Anhieb einleuchtet! Gewalt gegen den Stumpfsinn der Gewohnheit. Aus dem gleichen Grund lassen sich Frauen von einer Sekunde auf die andere beim nächstbesten Friseur die Haare abschneiden.

Und warum? Einfach so?

Er nickte.

Kapiert, einfach so. Ich war vollkommen seiner Meinung. Na klar, einfach so, was sonst.

Er blieb mißtrauisch. Dazu kam, daß er seine Gedanken nicht zusammenbekam. So sieht, dachte ich, keiner aus, der sich in seiner Haut wohlfühlt. Durch so einen bläst der Wind, es regnet ihm in den Kopf, in die Augen und Ohren hinein, er hat schwächliche Knochen. Vielleicht war sein Herz gesund, aber wie wenig Halt es hatte. Alles an diesem Jungen war so dünn, so durchschimmernd, so zart. Und gegen diese zitternden Membrane, in die er gepackt war, schlug der Wille eines Unbändigen, eines von Kümmernissen Getriebenen. Dieser Junge hatte seine Brille nicht zerbrochen, er hatte ihr den Hals umgedreht. Er zerkratzte sich die Stirn nicht aus Verlegenheit, es störte ihn der Kopf, den er hatte, und das Gesicht, das nicht seines war. Obwohl weder behindert noch verkrüppelt noch überhaupt krank, hatte er nicht die vertraute Gestalt eines Jungen seines Alters. Irgend etwas mußte ihn von Geburt an beschädigt oder in den Jahren danach aus seiner Kindheit vertrieben haben, die Schlamperei einer Hebamme, der Lebenswandel seiner Mutter, die ihn austrug, die Geburt selbst, eine Zangengeburt mit dem Ergebnis gequetschter Nerven.

Was ich beschreibe, ist nicht sichtbar, und was ich sehe, nicht berührbar. Es fehlte ihm das Normalgewicht eines leicht und warm zu Ende geborenen Kindes. Irgendwann mußte sich ein Fehler eingeschlichen haben, eine Unregelmäßigkeit, ein Systemfehler im Zusammenspiel aller Teile, die ein Lebewesen überlebensfähig machen. Selbst wenn man den Jungen den Experimenten eines Neurologen aussetzte, käme wahrscheinlich nicht viel mehr heraus als ein Kopfschütteln – und die unsichere Diagnose einer sich mit jedem seiner Lebensjahre verstärkenden Gefährdung, einer unheilbaren Zerfaserung der Sinne, ihrer durch Überreizung verursachten, irreparablen Ermüdung. Sie machte ihn schon jetzt, noch nicht einmal zehnjährig, auffällig, vorausgesetzt, man übersah ihn nicht einfach oder empfand ihn als lästige Störung. In einer früheren Inkarnation könnte er, falls man daran glaubt, eine Totgeburt gewesen sein.

Wann immer er mir über den Weg lief, war ich aufmerksam, zeigte, daß ich mich freute, ihn zu sehen, versuchte, wenn er zögerte, ihn zu einer Cola oder Tasse Schokolade zu überreden, oder bat ihn, wenn ich in einem Café saß, sich zu mir zu setzen. Obwohl immer gescheitert, gab ich nicht auf, ein Gespräch zu beginnen, aus Interesse, nicht etwa aus Mitleid. Ich empfand kein Mitleid, am wenigstens mit ihm. Er war in seiner Eigenart großartig, fand ich. Nichts auf Erden kann mich veranlassen, mich ihm überlegen zu fühlen, auch heute nicht in der Erinnerung. Er war auf der Welt wie ein Wesen, das hier nicht zu Hause ist, und die Selbstgefälligkeit der Menschen wie Schläge fühlt, die es schwächen. Ein Wesen, lautlos wie Licht, und doch eigentümlich rechteckig, zersplittert (oder nur schlecht zusammengefügt). Ein Kind, das dem Schrecken widerstehen will, den es nicht kennt.

Einmal hatte ich ihn fast soweit. Ich war dabei, Postkarten zu kaufen, als ich ihn kommen sah – was immer aussah, als handle es sich bei seinem Gehen um ein Geschicklichkeitsspiel. Guck dir die an, sagte ich und hielt ihm eine der Karten hin.

Er tat genau, was ich erwartet hatte, er schaute nicht die Karte an, sondern mir ins Gesicht, als suche er dort nach einem Bild, einer Farbe, einer Nachricht, wie einer, der den Augenblick einer Entscheidung abwartet.

Paß auf, versuchte ich es weiter, wir kaufen sie jetzt, wir beide, und schicken sie deiner Mutter. Wie wär's?

Er schien darüber nachzudenken.

Wär' doch irgendwie komisch, findest du nicht? Ihr kommt nach Hause, sie leert den Briefkasten, schaut die Post durch, ist neugierig, wer ihr alles geschrieben hat, und entdeckt eine Karte, ausgerechnet auch noch eine aus Saint Tropez, wo sie gerade herkommt – und sieht dann, daß es du warst.

Oder nicht!

Was meinst du damit: oder nicht?

Kommt drauf an, sagte der Junge.

Und worauf?

Ich weiß nicht.

Offenbar benutzte er seine ganze Intelligenz, immer nur die Hälfte dessen zu sagen, was er dachte; und von der Hälfte nur das Allernötigste.

Schwer zu sagen, was in dem Jungen vorging. Die Mutter würde ihn, er fühlte es, von der Karte aufblikkend, anschauen. Und würde (sie war so!) weinen. Ein bißchen. Was sie auch noch am besten konnte, war, alles mißzuverstehen; und es dann zu übertreiben, ziemlich. Wie das mit den Männern auch! Sie konnte nicht aufhören. Mit ihm war es schwieriger als mit den Männern, mit denen, die sie kennenlernte. Sie drehte durch, wenn er seine Runden durch die Wohnung drehte, nichts redete, nirgendwohin schaute. Er hatte nie Hunger, lachte nie, Freunde gingen wieder. Und dann die Tiere, die er anschleppte. Sie fühlte sich schuldig. War sie es denn? Glaubte sie, daß sie es war? Um es herauszufinden, betete sie wieder – und haßte doch den, den sie anflehte, mehr als die anderen Männer. Die Männer verschwanden irgendwann, er blieb übrig – und mit ihm das rätselhafte Geschöpf, das sie geboren und, so gut es ging, allein großgezogen hatte. Genau so schaute sie ihn dann an. Wer bist du? Was bist du? Was willst du? Rede, verdammt noch mal. Sag endlich was. Nein? Sie wartete nicht einmal mehr auf eine Reaktion. Ihre Stimme beruhigte sich wieder. Ich kriege Kopfschmerzen, sagte sie, ich spüre es. (Da waren sie wieder, die Quälgeister, und das fünfzig Jahre nach denen, die meine eigene Mutter so gekonnt aus dem Ärmel schütteln konnte!) Und auch das gehörte offenbar für immer zum Repertoire: ein, zwei modische Seufzer, die Finger, die wie Spinnenbeine ihre Schläfen betupften und die gleichen vorsichtig kreisenden Bewegungen des Kopfes, als ließe sich der mit einem Gelenk- oder Schraubverschluß lockern, wenn nicht überhaupt ganz entfernen. Es klang, was zu hören war, als singe sie sich leise selbst in den Schlaf, ein kaputtes, müdes, in sinnlosen Strophen klagendes Wiegenlied. Ich bin ein Versager, sag es, mein Liebling! Sag es mir. Sag es. Sag, daß deine Mutter eine schwache, unfähige, bedauernswerte Frau ist.

Ihre Anfälle wiederholten sich, auch ihre verzweifelten, unbeholfen heftigen Versuche, ihn zu umarmen, ihn an sich zu drücken, ihn in sich hineinzudrücken am liebsten, in ihren Bauch, hinein ins immer Warme. Alles wiederholte sich, alles, bis auf die ersehnte, alles heilende Wiederholung ihrer Schwangerschaft.

Er tat ihr leid, wie er dasaß und versuchte, nichts von all dem, was sie von sich gab, hören zu müssen; gleichzeitig sah sie, wie unverschämt mutig er sie anschaute, als kenne er ihr schadhaftes Inneres und zähle die Knoten in den allein ihm sichtbaren Linien ihrer verschlungenen Gemütsbewegungen (und knüpfe noch einen Knoten, fest und fester, dazu, einen garantiert unlösbaren). Ein Kind, das nie eines war. Ein Junge, dessen Kraft sie krank und dessen Krankheit sie verrückt machte.

Und sie fürchtete seinen Spürsinn, wenn er auf seinen Wanderungen durch die Wohnung ausgerechnet vor dem fensterhohen goldgerahmten Spiegel, der im Flur zwischen zwei Türen an der Wand lehnte, stehenblieb, um mit dem Ärmel seines Unterarms auf dem Glas genau jene Spuren sauberzuwischen, die ihre Spucke dort hinterlassen hatte – wo sie, während er längst schlief, alles andere als nüchtern gestanden, sich angeschaut, sich verachtet, sich als schmutziges, kläglich unfähiges Geschöpf beschimpft und sich in dem verzweifelten Versuch, Zeit zu gewinnen, sich nicht geschlagen geben zu wollen, ins Gesicht gespuckt und vergessen hatte, die Spuren zu beseitigen, stand jetzt er, betrachtete traurig pfeifend die Schlieren und dann das Resultat seiner Reinigung, bevor er seinen Weg durch die leeren Zimmer fortsetzte.

Sie lief ihm, ob sie wollte oder nicht, nach und fühlte sich benachteiligt. Sie konnte sich, was die Beschaffenheit seines Schmerzes betraf, nicht mit ihm messen. Es war lächerlich, was sie zu bieten hatte, und nahm es zur Kenntnis. Im Gegensatz zu ihm hatte sie die Wahl gehabt und es aus Eitelkeit und Dummheit vorgezogen, sich eine überempfindliche Seele zum Prinzipal ihres Handelns auszusuchen. Sie spielte, um ein wenig mehr als nur eben beiläufig die Aufmerksamkeit der Welt auf sich zu lenken, die Gefährdete, war es aber nicht, ganz und gar nicht. Das Urteil, eine handfeste, stabile, sogar robuste Person zu sein, was sie in Wirklichkeit ja war, mußte revidiert werden – und wurde revidiert. Und so trat sie seither als Erfindung in Erscheinung, als eine von Sterblichkeit gezeichnete junge Frau, die zu viel redete, zu viel rauchte und sich, sobald sie ausgeschlafen hatte, bereits wieder im Zustand der Auflösung befand. Daß das Leben nicht nur Sehnsucht produziert, sondern auch Tatsachen, nahm sie zur Kenntnis, mehr nicht, und verbuchte es als Verlust. Sie war damals drauf und dran, auch ihre Schönheit zu mißbilligen, der sie (außer morgens mit einer minutenlangen kalten Dusche) nie mit besonderer Pflege huldigte. Als Blickfang hatte sie einen wohlgeformten Mund mit, wie die Männer es nannten, einem pharaonischen Lächeln, das selbst einen klugen und höflichen Menschen aus der Konzentration bringen konnte.

Einen gab es, dem sie auffiel, der sie durchschaute und, als er die Bühne betrat, Schluß machte mit der Kerzenbeleuchtung, der das Licht andrehte und sie den Träumen entwöhnte, denen sie sich zum Schutz gegen Traurigkeit überlassen hatte. Er hetzte sie aus jedem ihrer Verstecke und den ganzen Weg zurück zu sich selbst und stellte sie wieder in ihrem Urzustand her – was sie, wenn sie heute darüber nachdenkt, auch nur als ein weiteres mißglücktes, vieler anderer ähnlich vergeblicher Experimente ansieht.

Wenn er bei ihr und seinem Sohn auftauchte, ging es nie lange gut. Er brachte sie dazu, daß sie Lust hatte, sich, wenn er weg war, zu betrinken. Er sagte immer Sachen wie: Hör zu, Liebling!, wenn sie wollte, daß zur Abwechslung einmal er ihr zuhörte, oder, kaum hatte sie es aufgegeben und sich abgewendet: Dein Arsch ist okay! Offenbar war er, was Absicht und deshalb immer gefährlich war, zu Scherzen aufgelegt, zu Anspielungen auf bestimmte Vorlieben, die sie miteinander geteilt hatten. Es war, was sie voneinander wußten, nicht rückgängig zu machen, und es war eine Menge, was sie hinter sich hatten und was nicht wieder in Ordnung zu bringen war. Er hatte sie, während gleichzeitig sein Mund mit ihrer Zunge spielte, gewarnt. Es waren diese unberechenbaren Zärtlichkeiten, die sie gefangen hielten, und die Ungeheuerlichkeiten ihrer Erniedrigung, die ihr gefielen. Er wußte es. Mehr als *er* wußte von ihr keiner. So waren es am Ende ihre Erinnerung und sein Gedächtnis, die sich belauerten. Feinde tun das, die sich gefunden haben wie nur Liebende. Feinde, die sich, klein und kindlich, beschützen, um miteinander gut und böse zu sein, gut und böse gegeneinander, bis einer nicht mehr kann und, wie sie es schließlich getan hat, aufgibt. Es hatte sie ausgelaugt. Sie brauchte Verstärkung, wie er die Tatsache ihrer Schwangerschaft kommentierte. Daß sie ein Liebespaar (und bald Eltern) waren, hatte sie nicht zu Freunden gemacht.

Er war ihr, gut wie er immer noch aussah, unheimlich. Wie er Frauen behandelte, machte sie jetzt wütend, und daß er sie noch immer an ihrer schwächsten Stelle treffen konnte. Sie hatte sich weniger geändert, als sie es ihm gerade weismachen wollte; was er, gemein wie er sein konnte, ungeniert und mit vertraulichem Vergnügen durchschaute. Die Nächte mit ihm waren lang, länger als die Zeit ihrer Liebe. Das Ende hatte etwas übriggelassen, einen schwarzen Rest. Darum ging es, wenn er kam. Sein Erscheinen setzte Erinnerungen frei, die nicht alle unangenehm waren. Eine Frau, sein Begehren, das ihn ihr auslieferte, war Teil seiner Intuition und würde es bleiben, was im übrigen seinen Ansichten über die Liebe nicht widersprach. Die Intuition der Tiere, die, die nachts ihre Schläfrigkeit abschütteln, ihre Verstecke verlassen und jagen. Die hungrig sind. Danach suchte er. Er suchte, wenn er sie anschaute, nach dem gleichen Hunger in ihr – und sie, alle Poren bis in die Fingerspitzen dicht, protestierte, was nur den unbeträchtlichsten Teil ihrer Weigerung darstellte, ihn in diesem Punkt noch ernst nehmen zu können, was ihn nicht weiter störte; er war weder beleidigt noch beeindruckt, betrachtete er sich doch als die Bugwelle des Glücks, ein Glücksbringer, der dem Hohlraum eines leichtsinnigen Lebens entstieg, seine Arme ausbreitete oder, falls er die Hände dann doch nicht aus den Hosentaschen bekam, den Spaß mit einem Blick ankurbelte, dem blauen Blick, wie sie ihn einmal getauft hatte.

Ja, seine grausame, unreine Seele tanzte schon, und sie war die Musik, auf die er wartete. Und tatsächlich, tot oder lebendig, sie hätte, unerklärlich genug, Lust gehabt. Sie kannte sich, sie hätte es getan.

Sie kam erst wieder zu sich, als er auf die Uhr schaute und vorschlug, den Jungen wegzuschicken. Es war sein Ernst. Los, sagte er, es ist besser.

Es nahm ihr die Kraft, was er da dachte und sagte, als erwarte er allein dafür eine Belohnung, daß er hier war. Es schmerzte ihr ganzer Körper. Es tat ihr die Wut weh, die in ihr aufstieg, die Wut auf ihn und auf sich. Es war – wann, wenn nicht jetzt! – Zeit, deutlich zu werden. Das Obszöne mag Geschmackssache sein, das Vulgäre nicht! Niemals! Es war, was er vorschlug, nur widerlich, widerwärtig. Es erinnerte sie an schlechte Zähne, an Männer mit Mundgeruch, ob sie nun Manieren hatten oder nicht.

Es war ziemlich kindisch, wie sie sich benahmen. Sie beachteten ihn nicht mehr, obwohl immer wieder sein Name fiel.

Dann ging er.

Sie setzte sich und starrte die Tür an, durch die er gegangen war, die Augen eine Feuerwand, die sie losschickte, ihn in die Enge zu treiben.

Das Beste war, wie still es wieder war.

Der Junge hatte die ganze Zeit über einfach nur neben dem offenen Fenster gestanden und einen ganz anderen Kummer gehabt. In seiner Handfläche lag noch immer der kleine, sterbende Vogel, den er auf dem Heimweg gefunden und mitgenommen hatte.

Ich saß sehr früh wie jeden Morgen unten am Vieux Port, dem kleinen alten, inzwischen verwaisten Hafen, und schrieb in Gedanken einen Brief zu Ende, den ich begonnen und dann liegen gelassen hatte, als auch der Junge dort auftauchte. Wie immer hatte ich ihn weder kommen gehört noch erwartet, und er hatte mich offensichtlich auch noch gar nicht bemerkt. Wie auch! Stumm vor Entsetzen und entsetzt über das, was er sah und nicht glauben wollte, war er erst einmal überhaupt unfähig, auf etwas anderes als das in seinen Augen Ungeheuerliche zu reagieren. Als ich mich nach ihm umdrehte, rannte er schon los, direkt auf den kräftigen

Mann zu, einen Fischer, der seinen Fang, einen ausgewachsenen, vielarmigen Oktopus, mit weit ausholendem Schwung und harter, professioneller Präzision gegen einen Stein schlug. Das taten Männer an allen Küsten der Welt, und sie tun es seit Jesu Zeiten. Es gehörte zur Ordnung der Welt, war ein Bild dieser Welt, ein uraltes Bild. Aber der Junge schrie. Er schrie aus Leibeskräften. Er schrie nicht so sehr den Mann, den er meinte, an als die Welt. Er schrie alle an, die nicht schrieen. Er war dabei, verrückt zu werden, so schrie er. Auch aus einiger Entfernung – ich saß abseits immer noch auf einem Stück Fels und schaute und hörte zu – war die Stoßkraft seiner Schreie herzzerreißend. Tränen liefen ihm übers Gesicht. Natürlich konnte er, hilflos wie er sich fühlte, nicht still stehen, während er schrie, sondern sprang um den Stein, um den Mann herum, was wie ein Tanz aussah, der Tanz eines Gequälten, der sterben muß.

Der Mann machte, eher müde als verärgert, nicht mehr als eine Handbewegung, das Zeichen, er solle verschwinden; und machte weiter.

Ich hörte den Jungen noch, als ich längst wieder in meiner Wohnung auf dem Bett lag – und war sicher, daß er nicht die Kraft dazu hatte, mit seinem Schreien je wieder aufhören zu können.

Einmal sah ich ihn noch vom Fenster meiner Wohnung aus unten an der Mole stehen und die dort vertauten Hochseejachten anschauen, wie ich selbst es auch immer wieder tat; und vielleicht ging es ihm wie mir und er wunderte sich, daß sie nicht mehr aussahen wie Schiffe.

Es brach einem bei ihrem Anblick nicht mehr das Herz, sich nicht an Bord schmuggeln und auf große Fahrt gehen zu können. Sahen sie denn inzwischen nicht alle nur noch wie polierte Eisschränke aus, wie schwimmende Tresore, wie galaktische Kommandozentralen, wie …? Ach, ich weiß nicht, nicht wie Schiffe jedenfalls! Was die scharenweise, an Wochenenden regelrecht in Truppenstärke den Kai auf und ab flanierenden Touristen natürlich erst recht veranlaßte, stehenzubleiben. Nicht einmal die Sehnsucht nach Reichtum ließen sie einen träumen oder den Traum eines Happy-Ends, wenn man sah (und mein Sorgenkind schaute sich zusammen mit vielen anderen Schaulustigen die traurige und alles andere als maritime Einlage an), wie zwei herausgeputzte, in tadellos gebügeltem Dreß gekleidete Filipinos einen gebrechlichen alten Mann über einen schwankenden Steg an Bord einer Jacht bugsierten, ganz offensichtlich den Besitzer dieser chromverplombten Maschine, die sein letzter Griff war nach dem Symbol einer Zukunft, deren Realität ihn, hinfällig wie er war, kaum noch interessieren dürfte und deren sicheres Scheitern ihm womöglich schon einige Jahre lang jene seltsame innere Ruhe verschafft hatte, die entsteht, wenn das eigene Erlöschen einhergeht mit dem Ausblenden ganzer Kontinente, mit der Unbewohnbarkeit ihrer Metropolen, dem Ersticken aus Mangel an Luft. Nur deshalb machte er sich hier lächerlich, ein gestrandeter Koloß für die Presse, die ihn, im Gegensatz zu mir, erkannt hatte und fotografierte, ein Sterbender, ein alter Mann auf schaukelndem Grund. Er war nicht mehr wach und gesund genug, um überhaupt noch viel von dem wahrzunehmen, was außerhalb der verwehten Irrgärten seiner Erinnerung vor sich ging; und selbst daß er sich erinnerte, schien er vergessen zu haben. Ist da jemand? War da jemals jemand? Was starren die Leute mein Geld an? Eine Sonnenbrille schützte ihn vor Blicken, ein breitkrempiger Hut vor der Sonne, zwei Decken vor Erfrierungen. Ein weiterer Filipino erschien, rückte ihm im Rücken ein Kissen zurecht und befestigte eine Nelke im Knopfloch seiner Jacke. Fehlte nur noch, um das Passionsbild zu vervollständigen, ein Erster Offizier, gekommen, ihm zu Füßen die Schar seiner Enkelkinder zu plazieren.

Im Sube, dem Hotel am Hafen, in das ich den Jungen einmal hatte hineingehen sehen und dessen Barkeeper ich kannte, erfuhr ich, daß eine Frau zusammen mit ihrem Sohn und einem Herrn abgereist sei. Es war nicht schwer, einen Blick auf den Meldezettel werfen zu dürfen. Sie war, da stand es, Schauspielerin von Beruf.

Es war selbstverständlich, meinen Eltern bei einem Besuch auch von Saint Tropez im Winter, meinem Leben dort und dem, was davon erzählenswert war, zu berichten. Ich glaube sogar, daß ich nicht einmal der Versuchung habe widerstehen können, ihnen eine Kopie dieser Geschichte hier dazulassen, diesen aus drei Wörtern geborenen Tausendfüßler, denn einige Wochen später bekam ich Post von meinem Vater, ein paar freundliche Zeilen über meine Mutter (»die nur den Fehler hat, mir in gewissen Stunden Dinge zuzumuten, die als erledigt zu betrachten ein Mann meines Alters eigentlich ein Recht haben sollte!«), seine Fortschritte im Lösen von Schachproblemen, die übliche ausführliche Liste seiner Krankheiten (die schlimmste war eine Blase an der Ferse!) und, jawohl, auch über die Geschichte – und, beigelegt mit einem Ausrufezeichen, etwas aus einer Zeitung, einen mit Unterstreichungen seiner Hand versehenen Artikel über die Entstehung des Universums und im gleichen Zusammenhang das Interview mit einem Wissenschaftler, einem Nobelpreisträger, der seinen Antworten nach zu schließen aber auch ein Künstler genannt werden könnte, wenn man darunter einen Menschen versteht, der sich dem Skandal der Erkenntnis verschrieben hat. Teilchen, so in etwa seine Behauptung, verschwinden im Nichts und entstehen aus dem Nichts. Aus dem Nichts heißt, aus dem Zustand allerhöchster Energiedichte. Doch dann, mitten aus diesem Rhythmus von Schöpfung und Zerstörung heraus, muß es zu minimalen Unregelmäßigkeiten gekommen sein. Plötzlich bleibt etwas übrig, behauptete er. Etwas bleibt übrig, eine Unregelmäßigkeit mit unerhörten Konsequenzen. Ich mußte, als ich das las, an Deine Geschichte denken, schrieb er, an den kleinen Jungen darin.

Der Feuerwehrmann

Nie war etwas passiert. Es hatte kein Feuer im Konzerthaus gegeben – und auch kein Feuer in ihm, nichts, nicht die kleinste Glut. Er saß, wenn er eingeteilt war, vorschriftsmäßig in der Uniform eines Hauptmanns der Feuerwehr auf seinem Dienstplatz, einem Ecksitz in der vierten Reihe rechts, pünktlich, aufrecht. Es waren lange, anstrengende Übungen der Pflicht, nicht, wie manche glaubten, ein Vergnügen. Zum Vergnügen hatte er seinen Stammtisch, oder er ging Radfahren, einen halben, oft einen ganzen Tag lang, am Wochenende. Allein. Er war müde, wenn er heimkam, gut müde. Er hatte dann, was das Leben die Woche über in Unordnung gebracht hatte, vergessen, ausgeschwitzt.

Es gab nichts zu erzählen. Ein Flugzeug am Himmel, auffliegende Wasservögel, ein auf seinem Stühlchen eingeschlafener Angler. Kleinigkeiten. Er war ein ruhiger, einfacher Mann, einer, der auf nichts, was folgen sollte, vorbereitet war.

Einmal, im Rahmen einer Sozialstudie, hatte ein Psychologe von ihm wissen wollen, ob er glücklich sei. Was war das, eine Falle? Wurde man, wenn man es war, befördert? Stand man, wenn man schwieg, unter Verdacht? Angenommen, einer schüttelte, ohne dem Blick seines Gegenübers auszuweichen, nur den Kopf? Er kam nicht dahinter. Er verstand die Gefährlichkeit der Frage, aber die Frage verstand er nicht. Ich bin, sagte er, Feuerwehrmann und verheiratet, ich weiß nicht, vielleicht kriegen wir demnächst was Kleines.

Gratuliere, sagte der Mann und gab ihm die Hand, na dann.

Es sah aus, als habe er den Test, wenn es denn einer war, bestanden.

Die Konzerte waren – er mußte nur die Leute, die in den Saal hereinströmten, anschauen – alles andere als eine Kleinigkeit. Die ganze Welt schien anwesend. Auffallend auch, wie gut sich die meisten hier auskannten, die Frauen vor allem, viele älter als seine Mutter, und alle frisch auffrisiert. Er schaute zu, mit welchem Aufwand sie einander begrüßten, gerade so, als seien sie aus allen Himmelsrichtungen angereist, um eine Hochzeit zu feiern – und das Konzert sei nur der feierliche Auftakt dazu. Er schaute zu, wie sich nach den Klingelzeichen, die zur Eile mahnten, die schwatzhaften kleinen Knäuel entwirrten und die Frauen ihren von Gebrechlichkeit geplagten Männern in irgendwie bösartiger Entschlossenheit vorauseilten, um die Sitze, seit Jahren immer die gleichen, in Beschlag zu nehmen, bereit, sie gegen jeden Irrtum anderer zu verteidigen.

Es gab andere. Gemütliche Genießer, zufrieden damit, nach einem Arbeitstag angenehm zur Ruhe kommen und Musik hören zu können; ein Gemütszustand, der dem Glück jener vielleicht unter Einsamkeit leidenden einzelnen nicht unähnlich sein mochte, die sich darauf freuten, endlich, und sei es auch nur für einen Abend, die

Gesellschaft anderer Menschen zu genießen, beschützt; auch vor der Wirkung einer Musik beschützt, der zu Hause am Radio allein zuzuhören sie immer nur noch einsamer gemacht hatte. Dazwischen bärtige, grüblerisch in sich zusammengesunkene Asketen, die alles, was an Musik erklang, jedes forte oder pianissimo, anhand mitgebrachter Partituren mit dem Zeigefinger kontrollierten. Russen wahrscheinlich. Zierliche junge Asiatinnen, wie immer zwei, drei Dutzend davon, mit ihren wie aus Papier geschnittenen Augen; die einzigen, die den Eindruck machten, als seien sie freiwillig hier.

Neben ihm nahm ein Trumm von einem Mann Glückwünsche für seine besonders schöne, hellgrün und weiß gestreifte Krawatte entgegen und erzählte im Gegenzug – habe die Ehre! – etwas von einem noch immer nicht ganz ausgeheilten Leistenbruch. Ein junger Mann schob sich vorbei, der das Recht der Jugend verkörperte, auch im Konzerthaus ungekämmt und in Jeans und Pullover aufzukreuzen. Demnächst, schimpfte jemand, kommen sie in Gummistiefeln!

Auf seinen Schuhspitzen tanzte das Licht der Saalbeleuchtung, der Lämpchen, der Lampen und Lüster, es tanzte der ganze Saal auf seinen Schuhspitzen. Der Feuerwehrmann hatte dann nicht etwa das Gefühl, dazuzugehören, aber doch den Beweis, tatsächlich persönlich anwesend zu sein. Das war so, weil er die Nähe solcher Menschen nicht gewöhnt war, die Welt der Konzerte nicht kannte, nicht ihre Gesetze, nicht das gesellschaftliche Spiel. Es war etwas, für das er sich niemals interessiert hatte, eine Abendunterhaltung, für die er nie auch nur einen Cent investieren würde. Andererseits war das alles ja auch nur das Vorspiel, ein vergleichsweise sogar lebendiges, noch einigermaßen unterhaltsames für ihn, denn sobald dann die Musiker das Podium betraten und saßen und der Dirigent erschien und das Konzert anfing, wurde die Sache ernst, sehr ernst. Und für einen wie ihn sehr schnell zur Qual. Auweia, dachte der Feuerwehrmann und war in Gedanken schon auf dem Heimweg.

Nicht jeder Abend war gleich und gleich unerträglich. Auch wenn er nicht wagte, die Konzentration seiner unmittelbaren Sitznachbarn zu stören und deshalb nicht so oft, wie er wollte, den Kopf hin und her drehen oder eine andere, bequemere Körperhaltung einnehmen konnte, gab es genug zu sehen. Er hatte ja von seinem Platz an der Seite auch so schon die beste Aussicht. Und so empfand er während der Konzerte die stille Freude, sich nicht mit dem Zuhören abplagen zu müssen – es sei denn, es verlockte ihn eine einzelne einfache schöne Melodie, an etwas Angenehmes zu denken, an seine Frau, an das Ausschlafen am Wochenende.

Nicht der Dirigent da oben sein und so mit den Armen rudern und schwitzen müssen, dachte er zufrieden, um sich gleich darauf auf nichts anderes mehr konzentrieren zu können als auf die Naht an den Ärmeln seines Anzugs – mit dem Ergebnis, daß er anfing, unter der Befürchtung zu leiden, die Naht könne unmöglich auf Dauer dem Temperament seiner Bewegungen standhalten. Es machte ihn der Gedanke an diese Peinlichkeit, die doch, sollte das Mißgeschick tatsächlich eintreten, überhaupt nicht ihn betreffen würde, so unruhig, daß er sich Mühe gab, nicht mehr hinschauen zu müssen.

Es traf sein Blick auf seiner Wanderung einen alten Mann, die Hände gefaltet, die Augen geschlossen, ganz dem Augenblick der Töne, der Klänge, der Musik hingegeben. Der Feuerwehrmann entführte das Bild, um überhaupt etwas damit anfangen zu können, in die Realität seines Alltags; er hatte ja solche Herrschaften oft genug, die meisten bereits ohnmächtig, auf Händen aus brennenden Wohnungen und verqualmten Stiegenhäusern getragen oder über Feuerleitern in Sicherheit gebracht.

Unterhaltsamer war, wenn er Ähnlichkeiten entdeckte. Leute, die wie Leute aussahen, die er kannte. Wobei ihm einfiel, wie zu Tode erschrocken er gewesen war, als er einmal einen Moment lang geglaubt hatte, im Publikum seine Mutter entdeckt zu haben. Welche Ähnlichkeit! Die Brosche am Kleid, sogar die Halskette hätte aus ihrer Schatulle stammen können. Ob sie aber die Kraft aufgebracht hätte, wie diese Doppelgängerin es konnte, die Augen geschlossen zu halten? Sie würde, wie er sie kannte, nicht lange zuhören, geschweige denn einen Ton genießen können, und nur unruhig, geplagt von der für sie entsetzlichen Befürchtung, zu Hause die Schlüssel in die Handtasche zu stecken vergessen zu haben, der Pause entgegenfiebern. Und selbst, wenn sie sie dort, wo sie hingehörten, endlich gefunden hätte: sie war alt, sie würde, kaum hätte das Konzert nach der Pause wieder begonnen, die Handtasche wieder und wieder nach ihrem Schlüsselbund absuchen wollen.

Er hatte das gratis im Dienstzimmer ausliegende Programmheft immer nur aufgeschlagen, um die Dauer der anfallenden Arbeitsstunden abschätzen zu können. Ende gegen 22.30 Uhr. Eher später, immer später; oder noch länger, wenn ausgerechnet eine offensichtlich beim Publikum beliebte Berühmtheit gespielt hatte und die Leute nicht etwa genug hatten (wie er), genug gehört, genug zugehört, und aufstanden und gingen, sondern aufsprangen und tobten und sich erst nach einer dritten und vierten Zugabe allmählich beruhigten. Einen eisernen Vorhang wie in der Staatsoper, um dem Spuk ein Ende machen zu können, gab es hier leider nicht.

Auch er war dann immer aufgesprungen. Sein Beruf hatte ihm ein Verhalten antrainiert, das auf Lautstärke und Unruhe in Menschenmassen reagierte – und unwillkürlich suchte er, diensteifrig wie er war, den Saal nach Anzeichen einer Gefahr ab. Es gab keine, was er, wenn er ehrlich war, manchmal bedauerte. Alle durften sie zeigen, was sie konnten: dirigieren, ein Musikinstrument spielen, zuhören, nur ihm, einem für den Ernstfall ausgebildeten Fachmann, wurde hier nie eine Leistung abverlangt.

Mit seinen Kollegen von der Polizei, mit denen er das Dienstzimmer teilte, sprach er nur das Nötigste, auch wenn sie in der Pause notgedrungen zusammensaßen, über ein Fußballspiel, das Wetter und die Politik, über Verordnungen, soweit sie ihren Status als Beamte und damit die Regelung ihrer Arbeitszeiten und ihrer Bezüge betrafen. Ausgeschlossen, sich in Angelegenheiten der Kultur einzumischen, wie das die Veranstaltungen im Wiener Konzerthaus ja waren. Was verstanden Leute wie sie schon davon! Wenn sie überhaupt etwas von Musik verstanden, dann etwas von Tanzmusik, von Märschen, von Walzern und Polkas und Ländlern, wie sie auf ihren alljährlich stattfindenden Bällen gespielt wurden. Aber sie waren sich auch so einig. Es genügte, daß einer gähnend auf seine Uhr schaute, was dann der andere, ebenfalls gelangweilte Kollege mit einem zustimmenden Aufstöhnen quittierte.

Als Feuerwehrmann war er, laut Dienstvertrag, für Einsätze dieser Art zuständig, ein abendlicher Gast, dem es freistand, zuzuhören oder nicht, nur anwesend mußte er sein.

Es lief ab wie immer. Eine Stunde vor Konzertbeginn hatte er sich, zusammen mit einem uniformierten Kollegen von der Polizei und einem Kriminalbeamten in Zivil, im Haus an der Lothringer Straße einzufinden. Sie gingen dann, angeführt vom Saalmeister, gemeinsam die Strecke ab – behördlicher Rundgang hieß das –, immer die gleichen Wege. Funktionierte alles? Brannte die Notbeleuchtung, waren die Fluchtwege frei, steckten die Feuerlöscher in ihren Halterungen (und waren diese rostfrei)? Es wurde routinemäßig die Alarmanlage eingeschaltet, Brandalarm, alle vier Stufen, die so komische Namen hatten, daß dahinter, dachte er, wer weiß, womöglich der gleiche Psychologe steckte, der ihm zur erhofften Schwangerschaft seiner Frau gratuliert hatte. Stufe eins und zwei hießen *Frühlingswind*, eine Verharmlosung des in Frage kommenden Tatbestands, aber den Verantwortlichen sollte vermutlich bei so einem Wort nicht gleich die Spucke wegbleiben. Nur keine Panik. Das wäre dann sein Auftritt. In Gedanken war er die Katastrophe Befehl für Befehl immer wieder durchgegangen. Wirklich ernst war Stufe drei, die *Herbststurm* hieß. Und schließlich Stufe vier: *Wintersturm*. Jeder Wiener kennt das Datum, den 7. Dezember 1881, Ringtheaterbrand. Das Haus war ausverkauft gewesen, hatte doch die Wiener Uraufführung von Jacques Offenbachs Oper »Hoffmanns Erzählungen« auf dem Spielplan gestanden. Das den Beleuchtungskästen entströmende Gas explodierte, und das Feuer hatte, durch Zugluft befördert, alles in Schutt und Asche gelegt. 386 Menschen starben. Einer Wiener Zeitung jener Tage hatte als Schlagzeile die einzige Frage von Bedeutung genügt: Warum kam der Herrgott auf den Gedanken, gerade den Wienern so etwas anzutun?

Ein Geistlicher hätte die Frage am Grab des Feuerwehrmanns in ähnlicher Weise wiederholen können. Warum? Es war nur in seinem Dorf die Anwesenheit eines Geistlichen am Grab von Selbstmördern von Amts wegen untersagt. Die Trauernden – seine Frau, ein paar Verwandte und die halbe Handvoll Freunde, die sich eingefunden hatten – waren sich selbst überlassen und ohne erkennbares Interesse aneinander Seite an Seite stehend mit dem Versuch beschäftigt, auf den, der da unten, mit welchem Recht auch immer, in einem Erdloch in seinem Sarg lag, nicht böse zu sein, nicht zu sehr; was ihnen mehr oder weniger, wenn auch aus unterschiedlichen

Gründen, mißlang. Mit was hatte er sich ihre Anwesenheit denn verdient, den Aufwand einer Rasur ebenso eingerechnet wie das umständliche Aufbügeln schwarzer Kleidung und die Zeitverschwendung der Anreise? Wie Trauer vortäuschen, verschwitzt wie sie waren, kaum wach gehalten von dem Mißtrauen besonders einer seiner Schwestern, es könnte sich unter ihnen ein Schuldiger befinden? Und auch das fühlten sie: Es kam, was er mit furchteinflößender Konsequenz getan hatte, einer Erniedrigung gleich, ihrer Erniedrigung. Wie Blamierte standen sie da! Und gleich würde es, wie man sah, wenn man zum Himmel schaute, auch noch anfangen zu regnen. Es war zwar sinnlos, einem Toten die Verlegenheit anzulasten, in der er sie zurückgelassen hatte, aber sie dachten so, alle. Eine elende Situation, und keiner wußte, wie sie beenden (hab, Himmel, ein Einsehen und schenke ihnen einen Wolkenbruch oder gleich ein Gewitter!), wie sich, bevor man auseinander ging, die Hände reichen, deren Berührung nichts bedeutete, wie die Frage beantworten, die ja am Grab keiner gestellt hatte. Es kam nun mal vor, dabei blieb es, daß Leute in Schwierigkeiten gerieten! Die Friedhofsarbeiter warteten mit ihren Schaufeln abseits. Die Totenglocken, die zu hören waren, galten bereits der nächsten Beerdigung.

Meine Herren, danke, sagte der Saalmeister, nachdem auch die Hydranten überprüft waren, die Verschlußventile, der Wasserdruck, und gab über Funk die Durchsage an alle Dienste: Das Haus ist frei!

Alles wie immer, wie jeden Abend. Routine! Er zog sich danach für einen Moment in sein Dienstzimmer zurück, um den Tagesbericht auszufüllen und zu unterschreiben, langweilte sich, rieb einen Apfel sauber, den er mitgebracht hatte, und wußte dann nicht, ob er schon jetzt oder erst in der Pause hineinbeißen sollte. Er blieb beim Hinausgehen vor dem Waschbecken so lange vor dem Spiegel stehen, bis es, was sein Aussehen betraf, keinen Einwand mehr geben konnte, ging zu seinem Sitz und wartete den Konzertbeginn ab.

Soweit er sich zurückerinnern konnte, war alles in seinem Leben Routine gewesen. Nur nicht groß nachdenken! Über nichts! Nach Dienstschluß nach Hause, und später dann über die Straße ins Weinhaus Ohrfandl oder gleich unten im Haus ins Kärntner-Stüberl einen trinken gehen und Feierabend! Den einen oder anderen kannte man. Alle tranken. Niemand kümmerte sich darum, wie viel. Es konnte eine Frau allein an einem Tisch sitzen und trinken, was niemand störte. Es war Zeit, müde zu sein. Es war der Augenblick, Streichhölzer zu knicken, bis die Schachtel leer und der Aschenbecher vor einem voll war.

Als Mozart in ihn eindrang (er nannte alles, was Musik war, Mozart!), geschah zuerst nicht viel. Er war nur danach, was ihn hätte stutzig machen können, wie betäubt und nicht in der Lage, nach Hause zu gehen, nicht sofort. Er kannte das Gefühl nicht, das sich in ihm aufhäufte, und versuchte zuerst, es zu ignorieren, auszuatmen, es durch sein Gehen, durch Bewegung an der frischen Luft loszuwerden. Was für ein Gefühl war das,

das er nicht verstand? Wenn ich nur wüßte, mich auszudrücken, schrieb er seiner Frau später, als die ihn weggeschickt hatte. Es hat doch nie den geringsten Anhaltspunkt gegeben, mit dem Leben nicht ohne ein solches Gefühl auch glücklich zu sein! Er sei, ließ er sie wissen, trotzdem guter Dinge. Ich weiß jetzt, wie viel Geduld es braucht, bis die Verwunderung verklungen, der Verstand klar und die Hand, die Dir diesen Brief schreibt, wieder ruhig genug ist, um sie Dir reichen zu können.

Etwas war passiert! Eine Panne, die ihn in einen Menschen verwandelt hatte, der er nie hatte werden wollen. Und keinem war der Mann, in den er sich immer mehr, immer auffälliger zu verwandeln begann, danach noch recht geheuer. Wenn er überhaupt noch der gleiche Mann war. Und was für Zeug er zum Schluß geredet hatte. Er sei Mozart, seinem Mörder, begegnet! Ausgerechnet Mozart! Alle Welt hört ihn, ohne gleich durchzudrehen! Mit wem überhaupt unterhielt er sich, wenn ihn keiner mehr verstand? Es ginge, hatte er gesagt, wenn er stürbe, nicht einmal ihn etwas an.

Seine Kollegen waren gedanklich überfordert – und machten Meldung, was dann zu seiner Suspendierung vom Dienst führte.

Vom Feuer sprach er nicht mehr wie ein Feuerwehrmann von einem Unglück, sondern wie von einem Gemälde, wie einer, der träumte. Einer behauptete, er habe ihn einmal während eines Einsatzes dastehen und weinen gesehen.

Du verlangst Erklärungen, schrieb er, die ich weder kenne noch kennen könnte. Was weiß ich, durch welche undichte Stelle meiner Seele sich Mozart in mich eingeschlichen und mich, wie ich selbst weiß, verändert hat – sehr zu meinem Nachteil, wie Du mir vorwirfst. Und es nahm ja dann mit den Vorwürfen, bis es nicht mehr auszuhalten war, kein Ende mehr. Am schlimmsten der, ich würde Dich betrügen!

Warum bringt ein Mann seiner Frau plötzlich Blumen mit? Der Feuerwehrmann war ein Leben lang heimgekommen wie alle, ohne Blumen. Und plötzlich Blumen! Hin und wieder sogar kleine Geschenke, die seine Frau genauso mißtrauisch, mit noch weniger Begeisterung als die Blumen entgegengenommen hatte. Bis sie ihn gebeten hatte, mit dem Unsinn aufzuhören, aufzuhören damit, den Kavalier zu spielen.

Wie gern hätte er, wie ungeschickt auch immer, gerade das sein wollen! Einer sein dürfen, der sich in die Frau, mit der er verheiratet war, mit ungewohntem Mut neu verliebt hatte.

Hab wenigstens die Höflichkeit, nicht alles noch komplizierter zu machen, stöhnte sie, auch wenn er nur andeutungsweise damit anfing. Es war das nichts, was sie hören, worüber sie nachdenken wollte. So redet einer, dachte sie, dem die Gedanken auch sonst locker sitzen, und bestrafte ihn für die Freude, sich ein Leben auszudenken, das es nicht gab, mit ihrem Schweigen und der Weigerung, schwanger zu werden. Er schaffte es nicht einmal mehr, sie für das, was es gab, zu begeistern, das Leben, das Leben, wie es war – mit all den Dingen, die da waren. Die Fiakerpferdchen zum Beispiel, wenn sie am Abend an ihrem Haus vorbei die Hauptstraße hinauf galoppierten, nach Hause, und der Kutscher sie laufen ließ, weil er nach einem langen Tag auch genug hatte! Warum mußte er plötzlich jedes Mal, sobald er sie kommen hörte, zum Fenster rennen und sich auch noch, um nur ja nichts zu verpassen, hinausbeugen? Und warum war er dann immer so enttäuscht, ja fast beleidigt, daß sie nicht reagierte, wenn er sie rief?

Das war doch für dich, schimpfte sie, solange wir hier wohnen, immer ein Grund gewesen, die Fenster *nicht* aufzumachen! Du wolltest schon ausziehen deshalb.

Stimmt! Sie hatte recht. Er hatte dem Hausbesitzer sogar einen Brief schreiben und wegen des Lärms auf der Straße um den Einbau von Doppelfenstern bitten wollen. Die Pferde hätte er bei der Gelegenheit auch erwähnt, aber nicht, wie er das jetzt beurteilte, als kleine willkommene Abwechslung.

Erklär es mir, bat ihn seine Frau.

Welche Erklärung hätte es geben können? Der Herrgott hatte sich geirrt, er hatte ganz einfach einen Fehler gemacht; und der Feuerwehrmann war das Opfer dieses Irrtums. Er war ganz gegen den eigenen Willen in ein anderes Leben eingetreten – und gleichzeitig mit allen Kräften, über die er verfügte, auf der Flucht davor. Eine Chance gab es für ihn nicht. Unmöglich, den Launen und vor allem den Größenverhältnissen von Empfindungen, wie sie Mozart in Menschen auslösen kann, gewachsen zu sein.

Wenn ich Dich anschaute, schrieb er ihr, nur einfach so, hast Du die Art, wie ich Dich anschaute, kommentiert, und nie sehr entgegenkommend. Es machte Dich, was ich tat, unsicher, gab Dir das Gefühl, verglichen zu werden. Wenn ich Dich in den Arm nehmen wollte, war Deine Antwort: Was soll das? Bei Tisch hast Du meinen Hunger vermißt. Beim Essen war Hunger die Hauptsache, stimmt, ich erinnere mich. Du kaust anders, hast Du gesagt, was ist los? Und hast mich beobachtet. Deshalb, und aus vielen anderen Gründen, hatte ich Angst. Deshalb habe ich geschwiegen. Auch über den wahren Grund, mehr und mehr meiner Abende im Konzerthaus zu sitzen, dienstlich, nicht freiwillig, wie Du annahmst! Nicht, um nicht zu Hause sein zu müssen! Nein! Einem, mit dem ich mehr als mit anderen meiner Kollegen befreundet war, war mein Zustand auch aufgefallen. Und ihm hatte ich mich dann anvertraut! Und mit welchem Ergebnis? Nicht nur er selbst, sondern bald auch der eine oder andere meiner lieben Kollegen, der eigentlich für den Dienst eingeteilt war, bat mich darum, für ihn einzuspringen. Und warum? Dreimal darfst Du raten! Ich hatte zuerst auch keine Ahnung, bis ich dann dahinterkam. Sie trafen sich mit Frauen! Alle, fast alle, hatten sie was mit jemand! Nicht ich, *sie* waren es, die ihre Frauen betrogen! Und mich haben sie benutzt, um den Rücken frei zu haben. Es war gegen die Vorschrift, aber praktisch, und wir regelten das unter uns. Und dementsprechend freundlich waren sie zu mir. Allerdings haben sie, wie sich dann herausstellte, meine Freundlichkeit nur ausgenutzt, denn es dauerte nicht lange, und ich war nicht mehr nur der prima Kerl, der seinen Kollegen einen Gefallen tat, sondern der Idiot, der es sich gefallen läßt, der Dumme, der gerne Mozart hört, ein Feuerwehrmann, der Feuer gefangen hat, wie sie witzelten. Ganz als Trottel stand ich da, als sie sich ungeniert totlachten, daß ausgerechnet ich, der seiner Frau treu war, zu Hause Ärger hatte, während sie … Ich gehörte nicht mehr dazu. Ich wurde belächelt, bemitleidet, nicht mehr für voll genommen. Kommt Dir das bekannt vor?

Ich dachte, das vergeht. Dann dachte ich, es könnte uns helfen, es könnte schön sein, eine Entdeckung gemacht zu haben. Du hast mich, als ich mit Dir darüber sprechen wollte, ausgelacht. Was für eine Entdeckung? Was für ein Mann bist Du denn noch!

In der Tat, er wußte es seit jener Nacht nicht mehr, als er im Stadtpark, den er, um nach der Arbeit, nach den Konzerten, nach Hause zu kommen, so oft sonst einfach schnellen Schrittes durcheilt hatte, mindestens zwei Stunden, wenn nicht länger, seine Runden gedreht hatte, weil es ihm gefiel oder gerade nicht anders einfiel. Wie aus einer Spieldose kam die Musik, die er in seinem Kopf hörte. Eine einfache Melodie. Eine Trompete. Ein Zittern bis hoch über die schwarzen, wunderlich würdevollen Bäume hinaus. Er hatte Lust, etwas anzustellen, irgend etwas. Er war sich ganz sicher, daß es wichtig sein und Spaß machen würde. Er spürte es bis in die Handflächen.

Noch nie war ein Tag so zu Ende gegangen. Noch nie war er so wach gewesen nach seinem Dienst, so gut aufgelegt und als Lebewesen so einverstanden mit allem, mit jedem seiner Schritte, jeder Handbewegung, jedem Atemzug. Ein anderes, stärkeres Gefühl war das, als wenn er sich, wie sonst an den Wochenenden, lediglich angenehm müde gestrampelt hatte. Je länger dieser Zustand dauerte, um so stärker die Erwartung, sich vollends zu verwandeln. Er vergaß fast, daß er sich in einer Stadt befand, die er kannte, und daß es je wieder hell werden würde.

Drei Gestalten schlichen mit bedrohlich rasselndem Schuhwerk aus der Dunkelheit direkt auf ihn zu – und es geschah etwas für ihn völlig Unerwartetes. Nicht das Wunder, daß sie ihn nicht einmal um Zigaretten anhauten, sondern das, daß er nie, auch nicht einen Augenblick lang, daran gedacht hatte, sie könnten gewalttätig werden, ihn bedrohen, zu Boden schlagen, ausrauben und, warum nicht, auch gleich noch töten. Ich hätte, schrieb er in Erinnerung an diesen Abend in einem seiner Briefe an seine Frau (er war offenbar noch immer beeindruckt vom Erlebnis seiner Unverwundbarkeit!), ich hätte in meinem Zustand unbegreiflicherweise völlig gefahrlos meinen Weg auch über ein Minenfeld oder mitten durch eine Schießerei hindurch einfach fortsetzen können, einfach so.

Er wußte nach dem Betreten seiner Wohnung zum ersten Mal nicht, wohin. Nur daß es spät war und seine Frau längst schlief, das wußte er; und daß er jetzt leise sein und aufpassen mußte, sie nicht zu wecken (obwohl er vor noch nicht einmal einer Stunde nichts anderes als das Gegenteil vorgehabt hatte, sie sollte schließlich alles zuerst erfahren!). Und weil er, unsicher wie er wieder war, nicht wußte, was tun, setzte er sich, ohne Licht zu machen, zur Sicherheit erst einmal in die Küche. Er saß, mehr nicht, in der Küche auf einem Stuhl am Tisch. Das reichte. Das war, nach acht Ehejahren, eine Neuigkeit.

Dann ging das Licht an.

Was ist los? wollte seine Frau wissen. Was soll das?

Der Feuerwehrmann reagierte nicht.

Glaubst du, ich hätte dich nicht gehört?

Um ihn besser betrachten zu können, ging sie einen Schritt zurück, und noch einen. Hast Du was? Soll ich einen Arzt rufen?

Nein, sagte der Feuerwehrmann, nein, nicht nötig.

Sicher?

Er nickte und streckte – eine hilflose Geste – seine Hände nach ihr aus.

Ihr war nicht nach Zärtlichkeiten zumute, nicht, bevor sie nicht wußte, was eigentlich passiert war. War was? Hat es gebrannt?

Der Feuerwehrmann schüttelte den Kopf. Geh wieder ins Bett! Ich bleib hier einfach noch ein bißchen sitzen.

Sie verstand ihren Mann nicht. Hast Du getrunken?

Er hätte reden sollen. Er hätte sagen sollen, was er empfand. Er hätte aufstehen, seine Frau in die Arme nehmen und alles, was sein Herz erstickte, beichten sollen. Aber er blieb sitzen. Ich will, sagte er, nur einfach noch ein wenig allein sein und nachdenken.

Das war, nach acht Ehejahren, eine weitere Neuigkeit,

ganz besonders für ihn eine, zumal er gar nicht wußte, worüber nachzudenken sich für ihn lohnen könnte.

Nachdenken? Ich ruf vielleicht doch besser einen Arzt!

Er schwieg. Er wußte, daß sie nichts dergleichen tun würde.

Na gut, sagte sie. Und nun, was weiter?

Bitte, sagte er, jetzt nicht, morgen.

Die Geschichte, die er, um seine Frau zu beruhigen, dann doch noch aus dem Handgelenk schüttelte und teilnahmslos in wenigen Stichworten aufsagte, schaffte es schließlich, sie ins Bett zu befördern. Er sei, behauptete er, auf seinem Heimweg durch den Stadtpark Zeuge einer Vergewaltigung geworden. Der Täter sei, als er der Frau zu Hilfe eilen wollte, geflüchtet. Der Rest dann das Übliche: Rettung, Polizei, Einvernahme. So, und jetzt laß mich und geh schlafen!

Seine Frau fand ihn am nächsten Morgen, wie sie ihn verlassen hatte, auf einem Stuhl sitzend in der Küche. Er habe, wie er zugab, nicht aufstehen können. Und geschlafen habe er auch nicht.

Sie schwieg. Um wie gestern nacht neugierig zu sein, war sie noch zu müde.

Aber er, müde oder nicht, war neugierig. Er wollte wissen, ob sie geträumt habe und was. Er ließ nicht locker.

Sie brach in schallendes Gelächter aus, schlug sich mit den Fäusten gegen die Schläfen und drehte sich, wie um sich zu schützen, zur Wand.

Sie hielt sich, als er nicht damit aufhörte, die Ohren zu.

Er stand auf, endlich. Sie tat ihm leid. Aber ich, sagte er, obwohl ich nicht geschlafen habe, nicht eine Minute, habe geträumt.

Das ist ja fabelhaft, schrie sie ihn an. Gratuliere! Ihr machte die Aufmerksamkeit, mit der ihr Mann sie anschaute, Angst. Seine Ruhe. Alles, was ihn verändert hatte. Na klar doch, los, schrie sie, fang an, erzähl mir, was Du geträumt hast.

Ich habe von einem Mann und einer Frau geträumt.

Sie mußte, überlegte sie, irgendwen verständigen, um Hilfe bitten. Ihre Mutter? Ob sie die Sache mit der Vergewaltigung erwähnen sollte? Sie brachte Dinge gern durcheinander.

Er stand jetzt ganz nah hinter ihr. Von einem Mann und einer Frau, wiederholte er. Es wurde, was eine Umarmung hätte sein sollen, ein kurzer Kampf. Sie stieß ihn weg.

Nichts war danach mehr wie vorher. Einmal das Spiel der Verdächtigungen begonnen, lief es eben ab – mit wechselnder Schärfe, aber einer konsequenten, nicht mehr aufzuhaltenden und bald feindseligen, unerbittlichen Gesetzmäßigkeit. Sie hatte keine Lust, die Tatsache, daß er ihr Leben in Unordnung gebracht hatte, amüsant zu finden.

Zweimal noch hatten sich der Feuerwehrmann und seine Frau getroffen und den Versuch einer Aussprache begonnen, einer Aussöhnung. Er hatte sich darauf gefreut. Er liebte seine Frau. Er verstand sie besser, als er sich selbst verstand. Aber was nutzte es, einen Menschen um Verzeihung zu bitten, der die Traurigkeit nicht fühlt, das Einfachste nicht sagen zu können.

Er sah es. Sie saß da wie jemand, der im Recht ist.

Ich bin, schrieb er ihr danach, nach einem Intermezzo als Aushilfskellner im Café Schopenhauer, inzwischen, wenn auch wieder nur probeweise, Nachtportier der Hotel-Pension BELLARIA, von sieben bis sieben, was mich vom Trinken abhält – und wie viele gute Gründe gäbe es, es zu tun! Ich muß stark sein, gerade jetzt, wo es mich schon Mühe kostet, einen Bissen zu essen. Was für den Alkohol gilt, gilt für Mozart. Auch ihn muß ich meiden, unbedingt. Ich habe zwar die Programmhefte, die ich heimlich zu sammeln begonnen hatte, auf den Müll geworfen, was zu ändern aber nicht in meinen Kräften steht, ist seine Allgegenwart in Wien, ausgerechnet. Auf Schritt und Tritt Mozart! Rauf und runter. Am Burgring steht er als Denkmal, in den Schaufenstern als Puppe. Als Deine Eltern zu Besuch waren, saßen wir in einem Kaffeehaus seines Namens. Und auf dem Heimweg kauften sie als Mitbringsel für die Verwandten auch noch die Kugeln aus Schokolade mit seinem Porträt. Es gibt selbst im Konzerthaus neben dem Großen Saal und zwei weiteren kleineren Sälen noch einen, den Mozart-Saal. Es ist, als habe er hier wie überall sonst auf der Welt jeden Abend Geburtstag. Und alle lieben ihn, ich weiß es, ich habe mich erkundigt; ich wollte schließlich wissen, wer er war, wer der Mann war, der mich auf dem Gewissen hat, mich, unsere Ehe. In etwa bin ich, wenn das ein Trost ist, in seinem Alter, als er starb.

Das BELLARIA war Geschmacksache – wie die nie sehr zahlreichen Gäste auch, Künstler zumeist. Aber sie machen, wie er schrieb, keine Scherereien, bis jetzt jedenfalls nicht. Sie sind lebhaft, aber nicht laut, verlieren nicht ihre Schlüssel, kommen früh nach Hause, meist schon vor Mitternacht. Außerdem haben wir hier, wie es sich gehört, Doppeltüren. Sollen sie sich ruhig austoben, die Herren Schauspieler, soviel sie wollen, oder stundenlang üben, die Herren Musiker. Ich höre nichts. Und will auch nichts hören.

Die Besitzerin war zuerst mißtrauisch gewesen, was den Mann betraf. Eine zähe alte Dame, starke Raucherin, gehbehindert, mit drei Brillen um den Hals. Ein Monstrum von einer Witwe. Noch bevor sie ihm ihre Vorstellung von seiner Entlohnung mitgeteilt hatte (in einem Tonfall, der keine Widerrede duldete), machte sie ihn mit der Hausordnung bekannt: keine Touristen, Ausländer ja, aber keine Touristen! Und keine, um Gottes willen, keine Gruppenreisenden! Und keine Männer, die ihre Missippissis mitbringen, wenn Sie verstehen. Wir sind keine Absteige! Ach ja, und keine Selbstmörder! Hunde auch nicht, natürlich nicht. Auch keine Möpse.

Woran, wollte der Feuerwehrmann wissen, erkennt man einen, der vorhat, sich umzubringen?

Na, woran schon! Daß er unaufgefordert im voraus bezahlt!

Sie ging mit ihm die Liste mit den Zimmerpreisen durch und nahm ihn dann mit auf einen Rundgang, öffnete und schloß Türen, zeigte ihm den Kasten mit den Sicherungen und wo sich die Vorräte an Glühbirnen, Seifen, Handtüchern und allem anderen befanden und wo er, wenn alles getan und er müde sei, sich hinlegen könne – und schaute ihn so lange an, bis ihr auffiel, daß sie ohne Brille nichts sah. Na ja, sagte sie, bevor sie ihn dann mit sich allein ließ, daß Sie von der Feuerwehr sind, kann ja jedenfalls nichts schaden.

Hier also bin ich gelandet.

Du wirst es inzwischen ja gemerkt haben, daß ich einen gewissen größeren Betrag von unserem Konto abgehoben habe. Der Grund ist, daß ich bei einem Schneider eine Uniform in Auftrag gegeben habe, in Auftrag habe geben müssen. Meiner Mutter zuliebe! Sie weiß nichts, hält mich immer noch für bei der Feuerwehr beschäftigt. Ich bitte Dich, sie im Glauben zu lassen, es sei alles wie immer. Erinnere Dich, wie ihre fast blinden Augen glänzten, wenn wir sie besuchten, ich in Uniform. Die Uniform, Du hast es selbst gesagt, ist ihr wichtiger als der Sohn. Du weißt, daß ich nicht übertreibe. Sie würde sterben, auf der Stelle, erführe sie die Wahrheit. Ich brauchte also Ersatz!

Der Feuerwehrmann lag in der kleinen krummen Kammer, die als Schlafstelle zu benutzen ihm gestattet war, auf dem Bett, einer Art Bett – und schrieb Briefe an seine Frau, jede Nacht. Es ist gut, schrieb er, daß ich hier angebunden bin und nicht auch noch nachts spazieren gehen muß.

Absichtlich schickte er nur noch die wenigsten seiner Briefe an sie ab, erstens, weil sie keine Zeit und wahrscheinlich inzwischen auch keine Lust haben würde, sie alle zu lesen, zweitens, weil es keinen Sinn machte, eine Frau zu ärgern, zu der man zurück wollte, drittens, weil ihm manchmal, wenn er schon fast zu müde zum Schreiben war, ein so einfacher, liebevoller, zärtlicher Brief gelang, daß er fürchten mußte, seine Worte könnten sie, sehr zu seinem Schaden, in ihrem Verdacht nur bestärken, bei ihm seien, wie sie das nannte, die Sicherungen durchgebrannt. Er sehnte die Jahre zurück, als die Musik, die er beruflich im Konzerthaus zu hören hatte, ihm völlig unbegreiflich und gleichgültig gewesen war.

Und doch! Mozart! Mann und Weib und Weib und Mann …

Er durfte daran denken, aber die Gedanken nicht sagen, nicht zu Papier bringen, nicht in Briefen, die er seiner Frau schrieb.

Es kamen dann keine Briefe mehr.

Das russische Mädchen

Es war im Sommer, gleich nach den langen und glücklichen Ferienwochen, die meine Frau und ich auf Einladung von Freunden in Italien verbracht hatten, als mich unser Oberarzt Dr. Farkas anrief, um mir den Anruf eines Urologen aus Düsseldorf anzukündigen, eines Dr. Bartenstein. Die Koffer waren noch nicht ausgepackt, der Hund noch in Pflege, die Post noch so ungeordnet, wie sie aus dem Briefkasten herausgefallen war; ich glaube, ich hatte sogar noch den alten, treuen Strohhut auf, zum letzten (ach, zum letzten!) Mal, bevor meine Frau, dieses Biest, ihre Drohung wahrgemacht und, noch während ich telefonierte, die Gelegenheit genutzt hat, ihn mir vom Kopf zu nehmen – und umgehend (und mit einem Stoßseufzer der Genugtuung) in den Abfall zu befördern. Ich kann mich nicht entsinnen, jemals groß mit ihr gestritten zu haben, es sei denn über Kleinigkeiten, und dabei fast ausschließlich über das, was ich, um mich richtig wohl zu fühlen, gern anhatte: eine alte, zugegeben inzwischen einigermaßen ausgebeulte schludrige Hose, von der mich zu trennen ich mir nicht vorstellen wollte, oder eine noch ältere, vor allem an den Ellenbogen mehrfach geflickte, hauchdünn durchgewetzte Strickweste, an der aber, wer weiß warum, mein Herz hing, die sie beide kaltblütig in den Container einer Altkleidersammelstelle versenkte. Wie in diesem Frühjahr erst meine ausgetretenen Schuhe, die bequemsten, die man sich denken kann. Und jetzt mein altes, von italienischen Katzen und unserem Hund zerzaustes, mißhandeltes, aber doch immer noch, wie ich fand, liebenswertes Prunkstück, mein Lebensbegleiter Sommer für Sommer, meinen Borsalino, unter dessen Krempe mein Gesicht, wie ich fand, wenn ich Fotos von mir sehe oder mich damit im Spiegel betrachtete, äußerst vorteilhaft, jedenfalls interessant aussah! Ein bißchen wie ein alter, geradezu vorbildlich gealterter Bauer, wie ein im ersten Licht der Morgensonne mit seinen ihn umschwirrenden Schützlingen tanzender Bienenzüchter oder einfach wie einer auf einem Maultier, unterwegs zu einem Ort, eingezeichnet einzig auf der Landkarte unserer Erinnerung. Ich heulte auf und drohte, mir für meine Lieblinge, auch den hinfälligsten, einen Safe anschaffen zu wollen.

Und wie reagierte meine Frau? Gar nicht! Sie strich mir über meine grauen Locken und ließ mich allein. Nur einen Mann nicht stören, wenn er seine Sinne anfeuert, um sie ganz genießen zu können, seine ihm unentbehrlichen, immer aber melancholischen Anwandlungen. Ein Mann braucht diese Inspiration von Zeit zu Zeit.

Noch ganz im Schwebezustand der Reise und im Ohr noch das rostige Geratter der Grillen, hörte ich zum ersten Mal ihren Namen, Natalja; den Nachnamen müßte ich in den Akten nachsehen. Ein achtzehnjähriges russisches Mädchen. Diagnose: Wirbelsäulenschaden, deutliche Buckelbildung, idiopathische kombinierte Skoliose (Typ KING II, wie sich herausstellte), Reduktion der Körpergröße auf ca. 150 cm. Bartenstein wollte alles in einem persönlichen Gespräch mit mir erörtern und schlug vor, nach Wien zu kommen (»ist ja auch sonst eine schöne Stadt«, wie er sich ausdrückte). Ich antwortete, das weiß ich noch, ausweichend. Mit gutem Grund! Tatsächlich hatte ich zu diesem Zeitpunkt bereits meinen Ruhestand begonnen. Ein paar liegengebliebene Geschichten gab es noch, Schriftkram, die offizielle Verabschiedung, alles Kleinigkeiten gegen das, was mit dieser Operation auf mich zukommen würde. Aber erst einmal kam, bereits drei Tage später, höchstpersönlich der Düsseldorfer Kollege auf mich zu, in der Lobby des Hotels, in dem er abgestiegen war.

Der Abend wurde zu meiner Überraschung länger als geplant, sehr viel länger. Wir gingen essen. Wir hatten, was die Weine anging, den gleichen Geschmack – und den gleichen Durst. Und auch was die Nachspeisen betraf, war er so unvernünftig wie ich. Auf dem Heimweg in sein Hotel hatte ich den Einfall, noch einen Abstecher in die Broadway-Bar zu unternehmen (Ah, zu Bela, sagte der Taxifahrer, den ich nach der Adresse fragen mußte, da ich sie dort, wo ich sie vermutet hatte, nicht vorfand), eine gehörig altmodische Piano-Bar (mit einem richtigen, rein gestimmten, ausgewachsenen Flügel), die ich immer schon mal, allerdings mehr meiner Tochter zuliebe und zusammen mit ihr, hatte aufsuchen wollen; sie machte sich zwar nichts aus Alkohol, schwärmte aber um so mehr für einen jungen litauischen Geigenstar, der sich, wie sie herausgefunden hatte, gelegentlich dort einfinden soll, um mit dem ganzen Clan seiner russischen Verwandten und Freunde Musik zu machen, kleine Konzerte, oft bis in die frühen Morgenstunden, und einfach so. Wir hatten, was das Wunderkind betraf, Pech – gleichzeitig aber das Vergnügen, ein paar pianistische Zaubereien zu genießen, mit denen der liebenswerte Hausherr seine Gäste unterhielt.

Bartenstein war schon beim Essen bemerkenswert rasch zur Sache gekommen, und das, wie mir auffiel, mit starker innerer Anteilnahme. Das Lebensschicksal dieses Mädchens schien ihn aufgewühlt und die Ungerechtigkeit, daß es kaum Hoffnung für eine wie sie geben konnte, zornig gemacht zu haben. Schwer zu sagen, was der Grund dafür sein mochte. Ich kannte den Kollegen nicht. Er trug, wie ich feststellte, keinen Ehering, wirkte auf jugendliche Art angriffslustig, mit seinen aufmerksamen Augen fast frech und machte, während er sprach, immer wieder bestimmte Handbewegungen, gewisse fliegend fliehende Bewegungen der Finger, wie sie ein Dirigent über der Partitur oder ein Pianist in der Luft über den Tasten ausführt, um das Wichtigste, die eigentliche Musik, die Musik, die nicht in den Noten steht, ihren verborgenen Sinn also, zu beschwören. Andererseits wäre er, dachte ich, auch genau der richtige unerschrockene Mann, Christus vom Kreuz zu reißen – aus Verzweiflung, daß ein Mensch die Menschen nicht besser, ihre Herzen nicht gütiger, die Liebe nicht leichter, nicht liebenswerter machen könne, daß die Welt, schlecht wie sie seit seiner Ankunft auf Erden geblieben war, nicht zu erretten sei. Ein auf seine Art unversöhnlicher, leidenschaftlicher Mann, mit dem mich, ohne daß ich das ihm gegenüber zu erkennen gab, das Bedürfnis verband, helfen zu wollen. Eine – wir wußten es beide – bei der Mehrzahl unserer Kollegen nicht gerade weitverbreitete Eigenschaft!

Wen bringt man denn noch dazu (und wie?), sich ein paar Gedanken zu machen, die nicht seinen Ruf oder Ruhm betreffen, nicht die Quote seiner Erfolge, sondern einzig seine Fähigkeit des Mitleidens, seine Verantwortung? Mehr als ein paar Bemerkungen über das gewinnbringende, aber lästige und in der Regel ziemlich einfältige Vertrauen eines Kranken in die Medizin, untermischt mit Scherzen über das hochtourige Nachtleben am Rande internationaler Kongresse, sind von den meisten, wie wir wissen, vor allem wenn sie unter sich sind, nicht zu erwarten.

Ich akzeptierte seine Übertreibungen.

Gehe hin und wandle, schlucke, was Dir verschrieben, und vergiß nicht, die Behandlungskosten zu überweisen! Sie denken nicht nur so, die sind so! Und ich rede nicht von irgendwelchen Kassenärzten, es sind Könner, keine Stümper. Alles Fachärzte, Professoren, anerkannte Spitzenkräfte. Dagegen, zugegeben, wirkte Bartenstein erfrischend, ein nüchterner Idealist, einer, den Ideen begeisterten, eine Idee besonders, die älteste: die des Helfens und Heilens. Ihm war der Eid, den er abgelegt hatte, heilig geblieben. Er habe, sagte er, keine andere Begabung als die: die Rücksichtslosigkeiten der Routine bekämpfen, dieses, wie er es nannte, Grundübel unserer Zunft. Was wir tun können, ist viel, aber nicht alles. Wir vergessen das. Und manchmal stellt sich, was wir getan haben, als fragwürdig heraus. Nicht medizinisch, nein, da geht es aufwärts, sondern menschlich. Verzeihen Sie, ich bin Arzt, kein Schriftsteller, aber ich frage mich, wenn es mich überkommt (und so war es, es überkam ihn!), ich frage mich, ob ich geholfen oder geschadet habe, ob ich den Menschen, der von mir aufgeschnitten und ebenso ordentlich wieder zugenäht wurde, nur ausgebessert, ein wenig ausgeschabt und gesäubert und schließlich begradigt – oder ihn geheilt habe!

Ich schenkte uns Wein nach.

Wahrscheinlich findet gerade in Paris oder Rio oder Vancouver oder sonst wo auf der Welt wieder mal einer der üblichen Kongresse statt, mit einem Nobelpreisträger als Ehrengast. Flug, Ehefrau, Hotel umsonst. Ich war selbst eine Zeit lang Dauergast. Und hatte Spaß. Ich bin, allein in den zurückliegenden Monaten, auf drei Kongressen in drei Kontinenten vor das Mikrophon getreten, mit immer dem gleichen Vortrag: *Wer heilt die Verwundeten, wenn die Wunden verheilt sind?* Ich konnte ihn inzwischen auswendig. Der Mensch hat Mitbewohner, rief ich hinunter ins Auditorium, viele unsichtbare gute und böse Geister, und die bösen Geister sind, wie sich herausstellt und wir anerkennen sollten, meine Damen und Herren, liebe Kollegen, einfach einfallsreicher, attraktiver, amüsanter jedenfalls als die guten, diese subkutanen Prediger unseres Gewissens, und deshalb außerordentlich schwer zu behandeln! Abends dann ein Bummel durch eine Altstadt oder eine Safari, der Besuch einer Opernaufführung, noch ein Drink in einer Bar und mit doppeltem Behagen schließlich ins Bett fallen, erstens weil man jeder sich bietenden Gelegenheit zu einem mitternächtlichen Rendezvous charmant, aber erfolgreich Widerstand geleistet hat und brav allein zurück ins Hotel gegangen ist, zweitens weil man den Beifall, der einem geschmeichelt hat, noch im Ohr hat. Aber, Beifall wofür? Nun gut, ein paar Formulierungen saßen, aber sonst? Ich hatte eine Frage gestellt, eine Antwort aber nicht geliefert! Eine magere Ausbeute! Okay, nach mehr als vierzig Jahren Dienst ist Zynismus erlaubt; was nur beweist, wie machtlos wir sind.

Ich entschuldigte mich, rief meine Frau an – ich hatte zugesagt, mich nicht zu verspäten, was ich widerrief – und sah Bartenstein, als ich zurückkam, mitgebrachte Papiere ordnen, die er mir dann (irgendwie feierlich) übergab, eine vierseitige, maschinengeschriebene, das russische Mädchen betreffende soziale und medizinische Anamnese mit angeheftetem Kuvert, dem ich vier Bilder entnahm: Natalja als Paßfoto, stehend im Wohnzimmer vor einer Rokoko-Imitat-Tapete zusammen mit ihrer Mutter, ihr Oberkörper, einmal Rückenansicht (entkleidet) frontal, einmal als Seitenansicht. Ich steckte alles ein.

Er ließ keinen Zweifel daran, daß er mich und keinen anderen auserkoren hatte, das unglückliche, auf zwei der Fotos milde, aber tapfer lächelnde Mädchen zu operieren. Er hatte, wie er mir versicherte, aufwendige Recherchen, auch im Internet, betrieben, dutzendweise briefliche wie telefonische Konsultationen orthopädischer Kollegen hinter sich gebracht, zahllose persönliche Gespräche natürlich auch.

Ich fühlte mich, ehrlich gesagt, nicht sehr wohl.

Ich hatte aufgehört, ich war frei. Endlich würde ich

Zeit haben, mich vielleicht doch noch in den Mann auf einem Maulesel zu verwandeln. Ich hatte, was ich tun konnte, getan; und hatte genug. Oder, wer weiß, vielleicht war es die Medizin, die genug von *mir* hatte. Schon die letzten Operationen waren ungewohnt anstrengend verlaufen. Ich war danach mehr am Ende als mein Patient. Ich hatte geschwitzt, mehr als sonst, und zum ersten Mal an ein Mißlingen, einen Kunstfehler gedacht, an das Messer, das sich selbständig macht, an einen ungenauen Schnitt, ein Zögern. Der Zeitpunkt aufzuhören, das wußte ich, war gekommen. Es gab gleich gute, mittlerweile sogar erfahrenere Mitarbeiter mit ruhigen, gesünderen Nerven. Ich war, was das Feuer des Fortschritts anging, nicht mehr entflammbar.

Und dann verstand ich nicht ganz die Zusammenhänge.

Ich weiß nicht, ob es am Wein lag, daß ich mir vornahm, bei der nächsten sich bietenden Gelegenheit Bartenstein zu bitten, mir die Wahrheit zu sagen. Über ihn. Das Mädchen. Die Motive seines Handelns, einschließlich seiner Zusicherung, selbst für alle Kosten aufkommen zu wollen. Warum tat der Mann das?

Es war ihm (»unter schweren Bedingungen«, wie er betonte) gelungen, ein Visum für das Mädchen zu organisieren. Flüge waren optiert, Nataljas Großmutter und Mutter in Briefen und einmal sogar vor Ort von Angesicht zu Angesicht von allen seinen Absichten unterrichtet.

Tatsächlich war Bartenstein nach Moskau geflogen und mit dem Zug weiter Richtung Süden nach Kimovsk gefahren, dreihundert gottverdammte Kilometer hinaus in die Steppe, ins Nichts, in eine schmutzige leere Welt, geschmückt mit den Ruinen einer Raketenfabrik, mit den Bohrtürmen und Halden stillgelegter Zechen, und da mittendrin lag es, dieses verlassene, von Gott vergessene kleine Drecksnest, das kein Hotel, kein Restaurant, kein Kino, ja nicht einmal eine eigene kleine Kirche besitzt, nur zwei Kneipen (eine davon mit Discobetrieb), ein Fußballstadion, ein Kreiskrankenhaus und ein kaum die Kinder, die es gab, fassendes Waisenhaus. Die gesamte, einst blühende Schwerindustrie war den Perestroika-Stürmen des Genossen Gorbatschow zum Opfer gefallen und abgewickelt, es war vorbei, es gab keine Arbeit, und wenn, zwar angekündigte, aber nicht ausgehändigte Lohnzahlungen, und keinerlei Hoffnung – und gegen all das nur ein Mittel: Wodka.

Bartenstein gab sich Mühe, mein Mitgefühl anzuzapfen und beschrieb mir (in einer sich stetig steigernden Umdrehungszahl seiner Sätze) eine düstere, von Hoffnungslosigkeit vergiftete, in ewiger Einsamkeit erstarrte Welt, in deren dunkelster Ecke, als elender Höhepunkt sozusagen, er ein Kind entdeckt hatte und mir jetzt präsentierte, Natalja, das junge Mädchen, das auf Abruf in ihrem Elternhaus saß.

Ich war müde, vielleicht lag es auch daran, daß ich meine Zusage hinauszögerte – und es akzeptierte, daß meine Phantasie, zu faul wie sie abends oft war, sich gebührend anzustrengen, sich mit der Banalität begnügte, eine Liebesgeschichte zu vermuten, eine, wenn dem so war, auch noch besonders lächerliche Liebesgeschichte, die sich, wie ich denke, kein Mann mit etwas Verstand zu Schulden kommen lassen sollte. Leicht fiel mir mein Verdacht nicht, denn er beschädigt den Verdächtigten, macht ihn klein, erbärmlich irgendwie, für Gefühle (welcher Art auch immer) unberechenbar.

Ich wäre, altmodisch oder nicht, zugegebenermaßen enttäuscht, sollte ich mit meinen Vermutungen recht haben. Ich mag es nicht. Ich mag einfach keine Tauschgeschäfte, die unterm Tisch so wenig wie die in Betten. Für aufregende Heimlichkeiten wie die Reise eines meiner Kollegen nach Thailand habe ich einfach kein Verständnis, noch weniger dafür, daß er uns, meine Frau und mich, mit Erfolg auch noch zu einem Dia-Abend einlud – und wer, glauben Sie, hat uns die Mäntel abgenommen und die Teller hingestellt und sie danach abgeräumt? Ein eben ausgeschlüpfter kleiner rundlicher asiatischer Kolibri mit einer entsprechend piepsigen Stimme! Meine Frau roch den Braten, ich nicht. Was Paarbildungen betrifft, gelte ich in meinem Bekanntenkreis bis heute (zu Recht wohl!) als ahnungslos. Mir kann jeder hochbetagte Herr eine junge Frau als seine Tochter andrehen, als seine Enkeltochter, wenn er will. Ich schlucke das. Wie ich das exotische Vögelchen schluckte, das nicht, wie er uns weismachen wollte, eine Art Patenkind, eine gerettete Seele war, aus der er eine unter seinen Fittichen reifende, nach einem von ihm bezahlten Schnellkurs in Deutsch sicher auch eine bald sehr brauchbare Praxisgehilfin machen würde, ach was, sondern bereits die Geliebte.

Irgend etwas kann mit mir nicht in Ordnung sein.

Warum habe ich mich nicht, wie das offenbar jeder tut, vor fünfundzwanzig Jahren in unseren Babysitter verguckt, ein prall-blondes Au-pair-Girl aus Oslo, mit den traurigsten Augen, die mich je anschauten und die mir gefielen, die mich aber trotzdem nicht weiter beunruhigten? Ich habe nicht eine Sekunde daran gedacht, sie zu verführen. Vielleicht hätte mich ein Cocktail aus Wein, Weihrauch und Pfeffer auf Trab gebracht, genau die Mischung, die man Hannibals Elefanten einst verabreicht haben soll, um sie wild und angriffslustig zu machen; ich weiß nicht. Ich kann vielleicht die Frauen nicht verstehen, aber die Verse, die Dichter über sie schrieben, die verstehe ich, auch die schweren, schwer verständlichen. Ich habe sie immer geliebt, diese Burschen, die nie nur eine Frau liebten, die zum Ruhme vieler ihre Geschichten ersannen, ihre Gedichte und Lieder und die sich, Glück oder Pech, nach einem Einerlei unter freiem Himmel sorglos wieder auf den Weg machten – zur nächsten schönen, unbekannten fernen Angebeteten.

Ich bin kein Träumer, schon gar nicht träume ich von schönen Frauen. Ich habe die, die ich am schönsten fand, vor vierzig Jahren geheiratet. Aber bin ich deshalb tot? Wenn mir eine junge oder eine nicht mehr ganz junge oder das, was man eine reife Frau nennt, auf der Straße entgegenkommt, die mir auffällt, Sie würden mir ansehen, wie es in mir still wird und wie ich gleichzeitig, wie im Gespräch mit dem so ungeduldig neugierigen Jungen, der ich einmal war, ins Schwärmen kommen kann über eine Kleinigkeit: die einer spontanen, mit herrlicher Unbekümmertheit ausgeführten Geste, dem plötzlichen Zauber einer Kopfbewegung, die Natürlichkeit eines Lachens (das gar nicht mir, sondern einem anderen gilt oder einem Gedanken an ihn oder, wer weiß, einem Gedanken an nichts), über die heimlichen, immer komisch ungeschickten Versuche, sich selbst gefallen zu wollen. Es ist dann, als würde ein Bild lebendig, als bewege ein vor hundert Jahren gemaltes weibliches Wesen die Hände, nehme die Haube vom Kopf, schüttle das Haar frei und trete in meine Gegenwart. Ich freue mich, gehe weiter und bin glücklich. Schade, was? Nein, nicht schade. Ich kann den Augenblick genießen, weil mich heute kein Gedanke, ihn nützen zu wollen, mehr ablenkt. Einmal war das anders, einmal war alles anders. Mir war, als ich meiner Frau begegnete, klar, daß ich dieses eine Mal nicht zögern durfte. Warum? Ganz einfach: Ich hatte mich verliebt und mußte sie daran hindern, in die Welt der Malerei, aus der sie gekommen sein mußte, zurückkehren zu wollen. Ich mußte alles, was ich hatte, aufbieten, damit sie bereit sein würde, lebendig bleiben zu wollen. Mir war klar, daß ich Gegner hatte. Nein, keine anderen Männer, nicht einmal die Männer auf dem Gemälde. Meine Gegner waren die Farben, ihr Licht, ihre Dichte, ihre Wärme, ihre durch das Genie eines Künstlers erschaffene Ewigkeit.

Meine Frau behauptet, man könne mir ansehen, was ich denke. Bartenstein jedenfalls schien meine Gedanken erraten zu haben – und war nicht einmal schockiert. Ich bin nicht verheiratet, das stimmt, und ich bin auch kein Heiliger! Um Gottes willen, nein! Ich bin nur einfach, was Natalja betrifft, nicht der Mann, dieses Mädchen seinem Schicksal zu überlassen. Ich bin in die Sache hineingeschlittert. Ein Zufall, oder eben kein Zufall, wie man's nimmt. Zum Wohl!

Zum Wohl!

Ein Freund, fuhr er fort, der Geschäfte in Moskau abwickelt, brachte eines Tages von dort eine Russin mit, in die er sich verliebt hatte. Und die er dann, der Dummkopf, tatsächlich auch noch heiratete. Ich reagierte wie Sie, auch ich schüttelte den Kopf. Aber, immerhin das sei zu seiner Entlastung gesagt, er fühlte sich einsam und sehnte sich, mehr als andere, die ich kenne, nach einer Frau, einer eigenen Familie. Und er hatte einfach kein Glück, nicht in Deutschland! Und die Zeit schien ihm, wie er klagte, davonzulaufen. Lauter letzte Gelegenheiten, die er ungeschickt, ängstlich, unter Mitwirkung von Alkohol und Anfällen von Selbstmitleid allesamt selbst vermasselte. Ich kann mit lethargisch veranlagten Hysterikern nichts anfangen, und mit unbegabten Angebern auch nichts, und den Frauen, mit denen er Kontakt suchte, ging es wohl ebenso. Außerdem entzieht es sich meiner Kenntnis, was sich da hinter verschlossenen Türen so alles abgespielt haben mag. Dazu kommt, daß der Arme äußerlich wenig zu bieten hat, er ist kein schöner Mann, und das weiß er. Ich habe einige seiner verzweifelten Liebesversuche am Rande miterlebt, seine Niederlagen, seine Mutlosigkeiten. Von einer Schönheitsoperation, an die er dachte, konnte ich ihm noch abraten, aber in Moskau dann, wo er sich beruflich immer öfter aufhielt, war er sich selbst überlassen. Und prompt passierte es! Hätte ich ihn entmündigen lassen sollen? Ihm seine Russin, auch ein Mädchen aus Kimovsk übrigens, ausreden und gegen seinen Willen zurückschicken sollen? Ich sah, daß sie meinen Freund nicht liebte, andererseits aber nichts dabei fand, sich verwöhnen zu lassen, und wie, nach Strich und Faden, wie man so sagt. War ihre Schüchternheit Berechnung? War sie kaltblütig aus Unsicherheit? Worauf lief ihr Spiel mit ihm hinaus? Er, ein nicht gerade reicher, aber für ihre Verhältnisse doch einigermaßen wohlhabender Anbeter aus dem Westen war, was ihre Lebensplanung anging, in jedem Fall erst einmal vielversprechender als ein Einheimischer, einer aus der Hauptstadt (oder sonst woher aus Rußland), der seine Laster hat, streitet und säuft – was sie ja bei der erstbesten Gelegenheit alle tun. Über einen, der sich erbot, vor ihr auf die Knie zu fallen (und es in einem öffentlichen Park in Moskau einmal sogar getan haben soll), konnte sie wenigstens lachen, während ihr russische Männer Angst machten; und einfach war es nicht, sie sich vom Leib zu halten. Unter den Ausländern, allesamt Geschäftsleute, denen sie auffiel, war allerdings auch nicht jeder immer nüchtern und der Richtige, der eitle, eingebildete Franzose so wenig wie der verheiratete Italiener oder der Reihe nach all die anderen in Frage kommenden Deutschen.

Sie arbeitete damals bei einer Exportfirma. Die Gelegenheiten, Männer kennenzulernen, waren zahlreich, bald eigentlich unüberschaubar. Um keinen Fehler zu machen, trug sie hochgeschlossene Kleidung, trank aber Wodka. Sie vertrug einiges, die Männer mochten das. Die

Folge waren Heiratsangebote in nahezu allen existierenden europäischen Fremdsprachen, die sie mit erlernter Höflichkeit ausschlug. Der Deutsche war, was verwirrend war und eher selten, zäh. Er belagerte sie, rief an, lud sie ein zu Konzerten, zum Essen, zu Ausflügen. Er fotografierte sie, überreichte ihr ein Kästchen, in dem sie Visitenkarten fand mit ihrem Vornamen und seinem Nachnamen und einer Adresse, wie sie hinten auch auf den Briefen zu lesen war, die er ihr schickte, und freute sich, daß ihm eine Überraschung, ein Heiratsantrag ohne Worte, gelungen war. Natürlich bestand er darauf, ihre Eltern kennenzulernen, wozu sie schweren Herzens einwilligte. Und wieder wurde fotografiert und Blumensträuße wurden verteilt und Adressen ausgetauscht und immer war genug Wodka auf dem Tisch und genug, mehr als genug zu essen; und mit unverbesserlicher Einfalt faßte die Mutter ihre Tochter immer wieder energisch am Kinn, zog sie zu sich und machte ihr mit einem kalten unmißverständlichen Blick, dem sie nicht ausweichen konnte, klar, daß sie und ihr Vater von ihr, ihrem einzigen Kind, Dankbarkeit erwarteten, Gehorsam, eine kluge Entscheidung.

Los, lautete der unausgesprochene, aber unmißverständliche Befehl, los, hol dir sein Geld! Hol es dir!

Ein Mann seiner Entschlossenheit, einer auch noch mit Manieren und dem Einkommen eines Kapitalisten, mußte bei ihr zu Hause Eindruck machen, das war ja das Problem, auf ihre Mutter vor allem, die sich schon auf Marmorstufen dem Glück ihrer schwierigen Tochter entgegeneilen sah. Wenn sie nicht aufpaßte, würde über ihren Kopf hinweg eine Ehe ausgehandelt, für die sie selbst sich noch keineswegs entschieden hatte. Alle waren bester Laune, während sie sich, wirkungslos, wie sie sah, gegen den Irrtum zu verteidigen versuchte, es sei zwischen dem Deutschen und ihr alles bereits besprochen.

Er war auch nach zwei langen Jahren und ungeachtet ihrer andauernden Passivität noch immer vom Erfolg seiner Mission überzeugt und büffelte Russisch, jetzt erst recht, lernte Gedichte auswendig, Gedichte von Puschkin, Pasternak, Jessenin, Namen, die auf sie keinerlei Eindruck machten. Wer nur hatte ihm den Unfug eingeredet, eine russische Seele warte auch in einem Juweliergeschäft darauf, die Poesie hochleben zu lassen? Trotzdem! Wenn er am Flughafen Scheremetjewo in Moskau aus dem Flugzeug stieg, war sie da.

Aber warum nur, warum?

Er tat mir leid.

Hast du ihn gern gehabt?

Er war hartnäckig.

Und das imponierte dir!

Er war häßlich, ein häßlicher Mann.

Aber seine Seele?

Er war dumm, so verliebt war er. Ich weiß nicht.

Aber dann bist du doch, wie er sich das wünschte, seine Frau geworden.

Ja.

Warum?

Ich bin jung. Mein Glück kommt noch.

Mit ihm?

Du bist sein Freund. Du weißt, er ist alt.

Und Deutschland, wie gefällt es dir hier?

Es ist egal.

Wirst du hierbleiben?

Es ist egal.

Und Kinder, was ist damit? Wünschst du dir welche?

Jedes Mädchen in meinem Land wünscht sich das.

Sie unterhielt sich, wenn sie Heimweh und niemand zum Reden hatte, mit jemand, der von unten zu ihr hochschaute, ein junges Mädchen, zu unscheinbar, um sich ihre Launen leisten zu können, und kramte die Röntgenaufnahmen (die von Nataljas Wirbelsäule) heraus, die sie nach ihrem letzten Besuch in Kimovsk an sich genommen und verbotenerweise ausgeführt hatte, und hielt sie gegen das Licht. Erkennen konnte sie nichts, sie war ungeübt. Eine Schneelandschaft, ein Geflecht heller und dunkler Stellen. Sehen wir so aus, wenn jemand in uns das Licht anknipst? Sie packte die Aufnahmen weg. Sie hatte gesehen, was sie wußte: sie brauchte den häßlichen Mann. Das war es, worüber sie auch mit mir nicht hatte reden wollen.

Vielleicht bin ich schlecht, mag sie Natalja zugerufen haben, und der Teufel soll mich holen, aber ich schwöre dir, ich werde dich rausholen, Natalja, ich werde einen Weg finden. Du wirst nicht für immer ein Krüppel bleiben.

Der Weg führte irgendwann zu mir.

Wann war mir das zum letzten Mal passiert, daß ich morgens um zwei in der Küche saß, auf einer Scheibe Salami herumkaute und die Wand anstarrte? Daß über dem Herd eine Uhr hing, war mir nie aufgefallen; auch nicht, wie eilig es, auch nachts, ein Sekundenzeiger haben kann. Der Eisschrank schaltete sich ein, summte und schaltete ab; auch noch nie gehört. So muß es klingen, dachte ich, wenn einem die Frau weggelaufen ist, wie ein in der Luft zerriebenes metallenes Murmeln, das dem, der allein ist, etwas mitteilen will, etwas wie: Ich bin stärker als du, ich bin unsichtbar, ich bin tödlich. Ich reagierte, zog den Stecker raus, ging nach oben nachschauen, ob meine Frau in ihrem Bett lag, und war erleichtert, daß sie da war. Wie immer, wenn ich nicht bei ihr war, brannte das Licht noch. Ich sah trotzdem nur ihre Haare und unten ihre Fußsohlen. Wenn sie aus Glas wären, ihre Fußsohlen, und man könnte von unten bis hinauf in ihre Träume schauen und jedes Bein gäbe, jedes für sich, die Sicht frei auf wartende andere Träume, was würde ich tun? Mich hinknien und einen Blick riskieren? Warum ich in die Küche zurückkehrte, weiß ich nicht. Ich setzte mich wieder hin, schob noch eine Scheibe Salami in den Mund und war verblüfft über die Lautstärke meiner Kaugeräusche, die auch von Frodo, unserem Hund, hätten stammen können, der mich, den Kopf auf den Pfoten, schläfrig, mit seinen nach oben gerollten Augen aber doch aufmerksam anschaute. Ich fühlte mich eigenartig. Ich war unfähig, mich zurechtzufinden, obwohl ich in einer mir vertrauten Umgebung auf einem Stuhl in meiner Küche an einem Tisch saß.

Was mich anderntags, noch bevor ich mich mit den mir von Bartenstein übergebenen Papieren beschäftigte, zu nicht mehr als der kurzen, nichtssagenden Tagebucheintragung: Gestern getrunken! veranlaßte.

Ach ja, in der Küche stand der abgetaute Eisschrank unter Wasser, das auch noch.

Nein, übertrieben hatte Bartenstein nicht. Das Dossier, das ich las, bestätigte das. Eine traurige Geschichte, die ich zum besseren Verständnis meiner dann erfolgten Entscheidung, zu helfen, für dieses eine letzte Mal eine Ausnahme zu machen und Natalja zu operieren, kurz zusammenfassen will. Bis zum Alter von neun Jahren nicht auffällig. Ein hübsches Kind voller Lebensmut. Sie hat Freundinnen, geht schwimmen, erprobt, wenn sie sich unbeobachtet fühlt, das Tanzen, weil die Jungs überall sind und sich jedes hübsche Mädchen merken, für später, wenn es Zeit wird, sich einzumischen, zusammen zuerst mit anderen, aber immer frecher auch allein. Erste Zeichen der Krankheit. Entwicklung einer langsam zunehmenden, bald aber deutlichen Buckelbildung. Sie beult aus. Sie wächst nicht in die Höhe, sondern seitwärts, schräg, sie verklumpt. In einem Alter ausgerechnet, in dem andere beginnen zu blühen. Sie verschweigt, was sie bemerkt, auch vor den Eltern. Will sich auch von ihnen nicht mehr umarmen, nicht einmal mehr anfassen lassen, was ihrer von ihr vergötterten Großmutter zuerst auffällt. Kein Wiedersehen, kein Abschied von der Enkelin, der einzigen, ohne innige Berührung. Muß sich vor ihr entkleiden. Was sie gegen das

Versprechen, erst einmal niemandem etwas zu verraten, tut. Sie glaubt ihr den Trost, den sie spendet, nicht. Sie ist unglücklich. Beide sind es. Und bald sind es alle, der Vater (45), ein Arbeiter, Pendler, zwei Wochen oder zwei Monate Moskau (Straßenbau), zwei arbeitslos zu Hause; die Mutter (44) an einer Strickmaschine beschäftigt, Pullis, Schals, Handschuhe. Langsamer sozialer Rückzug während der Pubertät. An den Wochenenden ist es am schlimmsten. Die Freundinnen machen sich hübsch, die Jungs auch. Die Eltern in Alarmbereitschaft, auch Nataljas Eltern, aus anderen Gründen allerdings. Sie sind, sie spüren es, überfordert. Ihr Kind wächst der Geschlechtsreife entgegen, zurückgewiesen von der widerwärtigen Wirklichkeit einer Behinderung, zu der sich, wie sich herausstellt, eine Fehlentwicklung der rechten Brust gesellt. Ärzte des Kreiskrankenhauses werden konsultiert. Es vergehen Monate. Was sie tun? Sie telefonieren, immerhin das, nach Novomoskovsk, nach Tula, nach Saratov. Eingriffe an der Wirbelsäule, sagen sie, sollte man den zwei, drei Kapazitäten überlassen, die in Moskau ordinieren, und empfehlen, was die Provinz betrifft, Massagen, als könne man die Krankheit wegkneten. Natalja besucht zu diesem Zeitpunkt die Hauptschule, die sie achtzehnjährig abschließt.

Es fehlt nicht an gutem Willen, aber an Geld.

Es fehlt Natalja ein Freund. Ein Tier zum Liebhaben lehnt sie ab.

Sie hält den Körper, den sie hat, nicht aus, aber die Kraft, ihn zu hassen, ist aufgebraucht. Sie möchte ihn gesund prügeln – oder zu Tode hungern.

Da sie keine vergleichbaren Erfahrungen macht, schwindet zusehends das Interesse aller Gleichaltrigen, sich mit ihr abzugeben. Auch den Freundinnen gehen, was Natalja betrifft, die Gesprächsthemen bald aus. Ihre Sorgen sind, wie sie beschließen, Privatsache. Außerdem sind sie beschäftigt, sie treten, wenn sie sich treffen, gegen die Übermacht der männlichen Dorfjugend an, kämpfen, jede gegen jede. In diesem Nest klebenbleiben will keine.

Es wird ein Mann auf sie aufmerksam, 40 Jahre, verheiratet, belastende Biographie. Handel mit Drogen, langjährige Gefängnisstrafe. Natalja reagiert, Alternativen hat sie keine. Sie kennt sich mit Gefühlen nicht gut genug aus, überhaupt nicht eigentlich. Ein in sie verliebter Mann ist ihr neu. Ihr Leben kannte keine Liebhaber. Seine kriminelle Vorgeschichte nimmt sie als schlechte Nachricht, abgelöst von einer guten. Eine gute Nachricht war zu diesem Zeitpunkt das Allerwichtigste, für alle. Wie sollte sie sonst aus dem Haus kommen?

Erste sexuelle Erfahrung, las ich. Nun ja. Wer hätte sie davor nicht gerne beschützt? Ich rede als Vater, wenn auch Vater eines Sohnes. Das alles ist nie angenehm, so und so nicht. Der Druck ist zu groß. Die Angst allgegenwärtig. Und es fließt Blut. Und danach ist es nur peinlich, meistens jedenfalls. Ich stellte mir Natalja in der Stunde ihrer Entjungferung vor, was mir schwerfiel. Sie ist unschuldig, aufgeregt, vermißt Kenntnisse, die vorbereitende Versuche erforderlich gemacht hätten, die es nicht gibt. Sie muß, was sie auch nicht kann, improvisieren. Natürlich, merken soll der eigenartige Mann nicht, daß sie nicht gesund gewachsen ist, nicht sofort. So gesehen ist es gut, daß er getrunken hat. Und daß er nicht zärtlich ist. Ich werde dich heiraten, sagt er, als er sich die Hosen anzieht. Seine Frau, als sie davon erfährt, betrinkt sich vor Glück, ihn los zu sein.

Für die Vorbereitungen der Hochzeit sind die Ersparnisse beider Elternteile bereits so gut wie draufgegangen. Allein Nataljas Kleid verschlingt ein Vermögen, eine Sonderanfertigung, versteht sich, eine genau durchdachte, geschickt die Eigentümlichkeiten ihrer Proportionen korrigierende, wo es unauffällig etwas dennoch zu verbergen gilt, mit tellerminengroßen Stoffblüten verzierte Konstruktion. Schön soll sie aussehen, stattlich, gesund.

Es gibt, wenn arme Leute feiern, keine Armut. Das ist es, was das Leben will, alle Jahre ein Fest, eine Hochzeit, eine Beerdigung, eine Taufe. Das Sterben muß warten, wenn gesungen wird, getrunken, getanzt. Aber, wie gesagt, es wird nicht gesungen, getrunken und getanzt; ich korrigiere: doch, getrunken wird, nur nicht sehr feierlich, denn aus der Hochzeit wird nichts. Nataljas liebster Mensch auf Erden, ihre Großmutter, ist dagegen. Sie ist von dem Kerl, dessen Frau ihre Enkelin werden soll, so angewidert wie von der Vorstellung einer Intimität zwischen ihnen. Die Zeiten haben sich geändert, hält man ihr vor. Sie seien modern, sagt man, unbekümmerter, jugendlicher, freier, anders eben. Sie hört zu, denkt nach und begreift nicht, was ihre Tochter und ihr Schwiegersohn da reden. Erde und Saatgut, Regen und Sonne – und Gott. So wenig, wie sich daran je etwas ändern wird, so unvollkommen bleibt, was Menschen tun, noch dazu, um das Gefühl ihrer Unwürdigkeit abzutöten, betrunken, immerzu, wie man hört. Seine Zunge in ihrem kleinen Mund, das Zustandekommen ihrer halben oder gar vollständigen Entkleidung, ihre Beschädigung durch das, was, modern oder nicht, ein Mann mit einer Frau dann macht. Es ist an ihr, entscheidet sie, die Sache in Ordnung zu bringen. Er taugt nichts, sagt sie, basta. Und wenn Ihr zu feige seid und nicht den Mut aufbringt, dann schmeiße eben ich ihn raus, ich, und das eigenhändig. Und sie zeigt sie her, ihre alten, aber kantigen, von lebenslanger Landarbeit gekräftigten Hände. Es handelt sich, was ihre kleine Natuscha betrifft, ihrer Meinung nach um weiter nichts als die Phantasie eines völlig unerfahrenen, von ihrer Behinderung ebenso wie von vorerst unerfüllbaren Träumen geplagten Mädchens, das, betäubt von dem Wunsch nach Liebe, zur Beute eines Mannes zu werden droht, eines Mannes, der fast ihr Vater sein könnte. Was will er, eine christliche Familie gründen?

Als er auftaucht, versammelt sich die Familie, und zwar vollständig. Natalja, als einzige, steht am Fenster. Ihre Großmutter redet. Es ist ihr mit dem, was sie sagt, ernst, was ihren Zeigefinger, als habe sie ihn zuvor aufgezogen, in Rotation versetzt. Sie macht nicht nur dem Mann, den sie für einen Ungläubigen, einen gerissenen Grobian und erwiesenermaßen Treulosen, für einen also insgesamt abscheulichen und unverbesserlich schlechten Menschen hält, sie macht allen Vorwürfe, sich selbst auch. Nur, findet sie, sei es ja noch nicht zu spät, das

Verderben von ihrem Liebling abzuwenden. Sie legt es nicht darauf an, mißverstanden zu werden. Es ist dieser Augenblick dafür zu kostbar. Soll das unglückliche Kind zu allem Unglück noch unglücklicher werden, will sie wissen? Sie will noch mehr wissen, viel mehr, nur das nicht: was dieser hergelaufene Mann sich womöglich als Antwort ausgedacht haben mag, ein Geständnis, wahr oder gelogen, was aus einem Mund wie seinem wohl keinen Unterschied macht. Sie lieben dieses Mädchen, sagt sie dem Mann ins nachlässig rasierte Gesicht, wenigstens soll das gute Kind das glauben, und wir hier wohl auch. Barmherziger Heiland! Wir, die wir ein einfaches ärmliches Leben führen, was nicht zu leugnen ist, die aber, ganz recht, deshalb nicht dumm sind.

Sie kann an ihm, je länger sie ihn anschaut, keine Vorzüge entdecken. Als sie mit ihrer Brandrede fertig ist, bittet sie ihren Schwiegersohn um die Flasche. Den Wodka schenkt sie sich selber ein. Ein Gläschen, wie es sich nach alter Sitte gehört, jeden Tag eines. Dann wischt sie, mit sich und der bedrohlichen Wucht dieser Genugtuung zufrieden, das Tischtuch vor sich glatt, schaut zu dem Mann, zu dem sie gesprochen hat, will wissen, ob er verstanden habe und sich erklären wolle.

Natalja hofft, daß er jetzt aufsteht, zu ihr herüberkommt zum Fenster, seinen Arm um sie legt, sie verteidigt, sich selbst und seine Liebe zu ihr verteidigt. Er kann, wenn er will, doch reden, sie weiß es.

Der abgekanzelte Ehemann in spe aber bleibt erst einmal sitzen, blinzelt, als sei er eben erst wach geworden, in die Runde, kratzt sich den Hals, scheint nachzudenken. Er kennt russische Großmütter. Er kennt ihre Autorität seit seiner Kindheit, und ebenso lange gibt es, wie er weiß, kein Mittel, ihr zu entkommen. Sie sind, seit es sie gibt, besiegbar nur durch ihr Ableben. Und die hier, das ist klar, lebt.

Natalja sieht ihm die Demütigung an – und in seinen Augen den Zorn, verdächtigt zu werden. Sie macht undeutbare Zeichen, ihm helfen zu wollen. Sie will sich selbst helfen. Sie will glücklich sein. Sie liebt ihn. Sie will ihn lieben. Sie will sein Leben in Ordnung bringen.

Seine zuckenden, sich zu Schlitzen verengenden Augen suchen in hilfloser Unruhe den Tisch ab. Unter seiner Haut, man kann es fast hören, reiben sich die Muskeln – und ermüden angesichts seiner Lage. Sein Gegner ist nicht der Mann am Tisch ihm gegenüber, den er durch eine Andeutung, wie Männer sie verstehen, einschüchtern könnte, sondern das harte Licht im Blick dieser Alten. Es gibt kein Versteck, aus dem heraus er mit Aussicht auf Erfolg angreifen könnte. Im übrigen, denkt er, bin ich die ganze Sache hier längst leid. Ich brauche euren Krüppel nicht, sagt er schließlich und steht auf. Hinter ihm fällt der Stuhl um. Ihr könnt ihn behalten.

Ich schlug das Dossier zu. Ich hatte genug. Ich brauchte eine Pause, irgendwas wie frische Luft, einen Spaziergang, eine stille, heilende Umarmung. Statt dessen schaute ich meinen Terminplan durch, die Agenda eines freien, in den Ruhestand tretenden Menschen, der keine größeren Sorgen mehr hatte, als einem Strohhut nachzutrauern. September ausgebucht, Oktober ebenso, November, nicht zu fassen, auch der November. Seit ich nicht mehr arbeite, habe ich noch weniger Zeit als früher! Was in aller Welt war so wichtig? Ich strich eine Oktoberwoche frei (einmal Konzerthaus, einmal Burgtheater, ein Abendessen mit einem ehemaligen Patienten, schade um das Essen und um ihn, der einst ein fabelhafter Tänzer gewesen war und sich bis ans Ende seiner Tage mit einem kapitalen Bandscheibenschaden herumplagen muß, und einen nicht gerade dringenden, ohnehin nur auf Drängen meiner Frau vereinbarten Termin bei meinem Schneider) und rief Bartenstein an, den ich um Röntgenaufnahmen bat, sollte es welche geben, und um ein paar Tage Geduld.

Nach Durchsicht der Röntgenbilder Befund einer 90-Grad-Krümmung der Brustwirbelsäule. Ausgeprägte Skoliose. Wenn das Mädchen nicht, bevor sie zwanzig ist, operiert wird, schließt sich das Zeitfenster, was Knochenfixierung bedeutet, Einschränkung des Volumens des Brustraumes, damit fehlender Expansionsraum beider Lungenflügel. Im Klartext: Natalja könnte, im schlimmsten Fall, irgendwann ersticken.

Nach allem, was dann passiert ist, auf dem Operationstisch, ihrer Verlegung auf die Intensivstation, dem Programm zur Verbesserung der eingeschränkten Atemmuskulatur, dem Auftrainieren der atrophen Rumpfmuskulatur und anderer Extensionsbehandlungen bis zur Anfertigung eines funktionsgerechten Chenau-Korsetts, das sie zur Sicherung des Operationsergebnisses konsequent für sechs Monate tragen mußte – ich will

Sie mit der Aufzählung all der postoperativen, ambulanten Maßnahmen verschonen –, geht mir dieses Mädchen nicht mehr aus dem Sinn. Immer wieder denke ich an sie, ich kann gar nicht anders. Ich muß nur irgendwo ein junges, hübsches Mädchen sehen, in einem Museum, in der Straßenbahn, während einer Bummelei über die Ringstraße, irgendso ein gesundes lachendes Ding – schon fällt mir (auch jetzt noch, nach drei Jahren) Natalja ein, dieses einfache, stille, damals noch so faszinierend natürliche Kind. (Oder sollte ich sie ganz anders charakterisieren, als unverbesserlich naiv, gefährlich leicht verführbar, zerbrechlich, wenn nicht unheilbar zerbrochen bereits, trotz ihrer vollständig wiederhergestellten körperlichen Integrität, verstört, abgenutzt durch das Schockerlebnis der geplatzten Hochzeit?) Dieses verschlossene, irgendwie engelhafte Wesen, das ich in Wien kennenlernte, wäre ganz nach dem Geschmack meines Sohnes gewesen, wenn ich nicht irre; der brachte, als er noch sein Zimmer bei uns hatte, solche Geschöpfe mit nach Hause, um sich am nächsten Morgen beim Frühstück nach dem Eindruck zu erkundigen, den sie gemacht hätten – allerdings nie bei mir, seinem ein Frühstücksei löffelnden Vater, der sich insgeheim natürlich fragte, wie wohl die, die er nicht herzeigte, aussahen, sondern bei seiner Mutter. Ich fand das in Ordnung, sogar ganz klug, ganz geschickt von ihm. Was ich sah, sah er selbst auch. Was er möglicherweise selbst aber übersah, konnte nur eine Frau sehen. Und sie war ideal, was das betraf. Sie sagte, was sie roch, was sie sah, was sie dachte (in dieser Reihenfolge), mischte sich aber weiter in nichts ein und gab auch keine Ratschläge. Sie fühlte sich geschmeichelt und genoß es sogar, von seinen Fragen, seiner Neugier fast ein wenig überfordert zu sein. Und was sah ich? Wurde sie rot? Nein, rot nicht gerade. Ihr stieg nur, wunderbar war das, wunderbar altmodisch, die Wärme in die Wangen. Dagegen war sie, und das sehr zu ihrem Mißvergnügen, machtlos. Mich traf ein Blick, dessen Farbe mir bekannt vorkam und mich an jenen lange, wie lange schon zurückliegenden Tag erinnerte, an dem ein ihr völlig unbekannter junger Medizinstudent unerlaubterweise und laut anfing, die Streifen ihres Pullovers zu zählen.

Ich wurde nach Nataljas Abreise ausgiebig mit Nachrichten über sie versorgt; sie selbst hatte einem seiner Briefe eine eigene kleine Mitteilung beigefügt, ein paar Zeilen in kyrillischen Buchstaben, aber zumindest ihren Namen konnte ich entziffern und das Wort *spasiba* (danke), mit dem sie alles eingerahmt hatte. Ihre mütterliche russische Freundin bedankte sich ebenfalls, in deutsch, wobei mich der Ausdruck, sie begleite Natalja beim *shopping*, besonders amüsierte.

Bartenstein war ein Phänomen. Ich hatte nie zuvor einen Menschen getroffen, der sich, was die Zukunft eines Patienten betraf, solche Mühe gab; und so vollmundig zu formulieren verstand. Einmal schickte er mir, als seien wir inzwischen Freunde geworden, sogar die Kopie eines Briefes, den er Natalja geschrieben hatte. Dein weiterer Lebensweg, stand da, wird jetzt ein anderer und besserer. Sicher machst Du Dir Gedanken über

Deine berufliche Zukunft und weitere Lebensführung. Ich kann mir durchaus vorstellen, daß Du nach diesem Aufenthalt in Deutschland den Wunsch haben könntest, nach hierher zurückzukommen. Hier kann man sich Gedanken machen, wie man Dir da weiterhilft. Menschliche Aufnahme und Humanität sind eine Grundvoraussetzung für das Leben miteinander und für das Überleben im Morgen.

Es war rührend. Nicht einmal die auf russischem Boden verübten Verbrechen seiner Landsleute während des Krieges ließ er unerwähnt, eine nur kurze, mich in diesem Zusammenhang aber doch überraschende Bemerkung. Ich stutzte. Warum das einem Mädchen gegenüber erwähnen, das zu jung war – und entsprechend andere Sorgen hatte? Als Soldat konnte er bei seinem Alter nicht mehr eingezogen worden sein. Gab es andere als sentimentale, vielleicht familiäre Gründe, weshalb er die Sache erwähnte? Schämte er sich für etwas, das möglicherweise sein Vater sich als Angehöriger der Wehrmacht in Rußland hatte zu Schulden kommen lassen? War das die Erklärung? Mußte er, was er getan hatte, aus Gewissensgründen tun, als Sohn mehr denn als Mediziner? Hatte er eine Schuld zu tilgen, die er geerbt und die ihn belastet hatte?

Ich erfuhr, wozu auch ich geraten hätte, von einer kosmetischen Korrektur ihrer rechten Brust (optimales ästhetisches Ergebnis, so ein begeisterter Bartenstein). Ich erlebte (auf seinem Briefpapier) ihre Rückkehr nach Kimovsk mit all den Tränen, Liebkosungen, Umarmungen mit. Sie war zurück! Da war sie mit all den zärtlichen Namen, die man ihr gab: Natascha, Natulja, Natuscha, Natka, Solneschka, meine Sonne, Masja, mein Kleines, und alle zusammen klangen sie hell und heilig. Bartenstein nahm mich mit auf die Wallfahrt ins kleine, fünfzehn Kilometer entfernte Städtchen Epifan, wo sie alle in der dem heiligen Ioanno Predtitschi geweihten Kirche niederknieten, ein Anblick tiefster, demütigster Frömmigkeit, und summende Gebete sprachen und danach, wie schon all die Monate während Nataljas Abwesenheit, Kerzen entzündeten; selbst Nataljas Vater, dem das alles schwerfiel, machte mit. Und natürlich fand dann das unter den Augen ihrer Familie stattfindende Zeremoniell ihrer Entkleidung statt, um das Wunder endlich sehen, bestaunen und fassungslos vor Freude beweinen zu können. Vorsichtig, als berührten sie einen Schmetterling, ein frisch geschlüpftes Vögelchen, befühlten sie ihren Rücken, die Schultern und schauten danach ihre Handflächen an, als suchten sie nach etwas, dem Abdruck einer Botschaft, einem Zeichen, einer himmlischen Inschrift. Ich war auf dem Fest dabei (endlich das Fest, endlich war es soweit!), zu dessen Programm auch das Verbrennen von Nataljas Hochzeitskleid gehört haben soll, und, natürlich, beim Höhepunkt: ihrem ersten, glückstrahlenden Auftritt in der örtlichen Disco, und das geschminkt und in voller Montur – maskiert, wie ihre Großmutter sie tadelte –: enges T-Shirt, enge Hose, alles neu, alles teuer und, mein Gott, wie ausgeflippt, mit Mustern in phosphoreszierenden Farben, mit Punkten, Linien und, natürlich, den im Westen üblichen modischen Beschriftungen; alles, was sie sich vorher nie getraut und natürlich auch nie hätte leisten können. Und die Jungs, Mama, Du hättest die Jungs erleben sollen, die mich anschauten, als sei ich schön. Einer wollte wissen, wo ich so lange gewesen sei. In Amerika, hab ich gesagt, ich war in Amerika! Wie zum Beweis hatte sie auf dem Kopf ein weiteres Mitbringsel, eine jener typisch amerikanischen Baseballkappen, die sie dem, in den sie sich verlieben würde, an diesem Abend schenken würde.

Mein russisches Mädchen, dachte ich, viel Glück, und paß gut auf dich auf.

Offenbar funktionierte auch mein Gedächtnis noch, denn es nahm die Anregung auf und verwandelte sie in Verse, die ich einmal – vor wer weiß wie vielen Jahren! – auswendig gelernt haben muß und offenbar nicht wieder vergessen hatte. Fremde Arme schmiegen sich an dein Herz; o leide nicht Gewalt! Ich seh dein weißes Kleid vorüberfliegen und deine leichte, zärtliche Gestalt. Und süßer strömend quillt der Duft der Nacht und träumerischer aus dem Kelch der Pflanzen. Ich habe immer, immer dein gedacht. Ich möchte schlafen; aber du mußt tanzen.

Mein Gedächtnis muß etwas geahnt haben, denn ein halbes Jahr später kam ein Brief, ein für Bartensteins Verhältnisse vergleichsweise wortkarger Brief, der mich über Nataljas Schicksal als Ehefrau eines jugendlichen Trinkers informierte, einem, wie er schrieb, üblen Burschen, dem übelsten weit und breit, den man schon morgens betrunken, mit zuckenden Mundwinkeln, antreffen konnte, eingeschlafen auf einer Bank, einem Nichtsnutz, bei dem zwischen Zorn und Zärtlichkeit keine halbe Minute vergeht, dem der schlechte Ruf, den er hat, weit mehr Genugtuung zu verschaffen scheint als sein Leben als Ehemann. Es gab immer noch Mädchen, die sich für ihn schön machten; nur für ihn, wie er prahlte. Und daß es so blieb, dafür sorgte er, gut wie er aussah, auch weiterhin. Niemand wußte, woher er das Geld, das er ausgab, hatte. Als ungelernter Gelegenheitsarbeiter im Straßenbau verdiente er, wenn es überhaupt Beschäftigung für ihn gab, gerade genug, um sich seinen Wodka und an den Wochenenden etwas weibliche Gesellschaft leisten zu können, eine Abwechslung, ohne die die ganze Schufterei und die Luft in dem Bretterverschlag, in dem die Pritschen zum Schlafen standen, nicht auszuhalten war. Im Sommer war es die Hitze, die vielen restlichen Monate die Kälte, gegen die es kein Mittel gab als den Suff. Wenn er dann nach zwei, drei Monaten wieder im Dorf auftauchte, hing er mit seiner Bande von Freunden herum, die auch alle tranken. Eine schlimme Geschichte, wie Bartenstein mir versicherte. Sie wissen nicht, wie es ist in diesem Rußland, wie schwer, wie elend, wie sinnlos; es wissen das nicht einmal die Russen selbst. Sie, die dieses Land doch lieben, ihre Erde, den Himmel darüber. Wie kann man leben in diesem Land? Andererseits, wie es aushalten, wenn man wegginge, fort, weit fort? Wenn man stirbt ohne Heimat? Bartenstein warnte mich, an das Rußland der Musik, der Dichter und Schachspieler zu denken, an die in schwermütigen Liedern besungenen Ströme – und diesseits und jenseits ihrer Ufer nichts als den Glanz tiefschwarzer Unendlichkeit. Die Kirschgärten sind abgeholzt. Es ist zu Ende. Aber kehren wir, bevor mir, verzeihen Sie, doch noch die Tränen kommen, zum Thema zurück. Natalja habe das Unglück ereilt, sich also ausgerechnet in ihn, in diesen Angeber zu verlieben. Der Teufel weiß, wie er sie an jenem ersten Abend angeschaut – und wie es sie verwirrt haben muß, sein Interesse zu erregen. Sie waren einander ja nicht unbekannt. Und wie es dann Tänzchen für Tänzchen, die sie zuerst mit den anderen Burschen absolvierte, so ging mit den Blicken zwischen ihnen. Ich kann mir, verzeihen Sie, seinen anmaßend trägen, wahrscheinlich ziemlich übellaunigen Gesichtsausdruck vorstellen, sein angriffslustiges Grinsen, zusammen mit der Andeutung einer entsprechenden Handbewegung, was sie schwach gemacht hat, und noch am gleichen Abend die Katastrophe perfekt! Die Nähe dieses Jungen, sein Atem, seine Hände, die dann irgendwann über ihren Nacken, über ihre Schultern glitten, an ihren nackten Armen hinunter, ihren Hüften. Stellen Sie sich ihr neues, noch fremdartiges Gefühl vor, einen gesunden, wieder ganzen, endlich wieder geraden, stabilen Körper zu besitzen, den er, wie sie spürte, begehrte und dessen Biegsamkeit sie ihm nun präsentierte; sie hätte vor Glück auf seine Finger springen mögen, sich an seine Wange lehnen, sie mit jeder Drehung ihres Körpers liebkosen, mit jedem Atemzug küssen, auf der Glut seiner Zigarette tanzen mögen – so leicht, so neu, so unverwundbar kam sie sich vor – was für den Verstand eines Kindes dann doch wohl zuviel war. Sie war geworden, was sie werden wollte: eine Eroberung!

Ich spürte förmlich das Innehalten meines Briefschreibers, seine Erschöpfung, sein Ringen um Besinnung – und die Verlegenheit, nichts weiter unternehmen zu können als sich am Kopf zu kratzen.

Dachte Bartenstein daran, das Ganze wieder in Stücke zu zerschlagen, um sie unbrauchbar zu machen für falsches Glück? Plante er eine letzte Reise nach Kimovsk oder, jetzt erst recht, mit seinem Vortrag eine Welttournee? Und: Was für eine Rolle hatte ich gespielt, in seinen, in meinen Augen? Aber denken Sie nur nicht, schrieb er zum Schluß, daß ich bedaure, was ich getan habe, was wir, was vor allem Sie getan haben. Aber so ist es. Die Kälte wird sie zerschneiden.

Ja, mich am Kopf kratzen, das tat ich auch gerade. Das tat ich immer, wenn eine Erleuchtung auf sich warten ließ; oder ich auf eine Frage die Antwort nicht wußte. Es dauerte eine Weile, bis ich es aufgab, all das verstehen zu wollen; es machte mir nicht einmal viel aus, daß es so war. Viel klüger als einer, der nichts versteht, ist die Welt auch nicht.

Ein Tier,
wahrscheinlich war ich das,
bis Gott zwei Menschen
daraus machte

oder:
Die himbeerfarbene Glühbirne

Sie machten mir einen Antrag. Nein, nicht den, mich zu heiraten. Ich bin, sagten Sie, verheiratet, mit einer ebenso schönen Frau, wie Sie eine sind, und bedauerten, sie nicht in unserer Nähe zu wissen. Sie würde uns, sagten Sie, Sie und mich, wäre sie hier, von einem Nebentisch aus beobachten und, mir mehr als Ihnen, zuschauen, und nicht einmal eine Sonnenbrille würde sie gnädigerweise aufsetzen. Sie würde, wenn sie gegangen wäre, ihre Anwesenheit zurücklassen, ihr großes Herzklopfen und ihr reines, von keinen Resten eines Argwohns verdorbenes, müheloses Vertrauen in das Glück, das zu beschädigen sie nicht wagen würde; sowenig, wie ich es täte.

Verlangen Sie keine Erklärung. Es mischt sich in das Schicksal mancher Menschen eine Bestimmung, die einer Willensentscheidung so ähnlich ist wie einem Wunder. Unmöglich, nachträglich Klarheit schaffen zu wollen, welche Kraft der jeweils anderen zuvorkommt. Ich bin, wird sie sagen, ein glücklicher Mensch, mit dem Willen geboren, im Wunder willkommen zu sein.

Und dann redet sie.

Es gibt einen, der ist wie ich! Ich habe das meinem Vater, meinem einzigen Verbündeten damals, schon prophezeit, als ich noch nicht einmal alt genug war, alleine ausgehen zu dürfen – was er, der natürlich annahm, damit könne nur er gemeint sein (mit Recht, mit Recht, wir hatten grenzenloses, zärtliches Zutrauen zueinander!), mit Zustimmung und einem Kuß auf meinen Scheitel beantwortete. Und lange, sehr lange sah es nicht danach aus, ich könnte recht behalten. Bis ich dann Dir begegnet bin, wenn auch auf die denkbar schmutzigste Art, die zu Hause zu beichten mir natürlich nie eingefallen wäre. Daß Liebe, wie alles Lebendige, unten gedeiht, am besten unten, auf dem Bauch in Bodennähe, war nicht meine Erkenntnis. Übersetzt in den Tonfall moralischer Entrüstung, zum Beispiel den meiner Mutter, die ihn perfekt beherrschte, wenn es ihr unter Schock nicht gleich völlig die Sprache verschlagen hätte, hieße das: Was für eine Geschmacklosigkeit, läßt sich mit einem hergelaufenen, wildfremden Mann ein, und das auf den ersten Blick, und auch noch in einer Absteige!

Na ja, ob es das war, eine Geschmacklosigkeit oder, wie es mein Vater etwas zurückhaltender und mehr bekümmert als verärgert ausgedrückt hätte, eine extravagante Taktlosigkeit, sei dahingestellt – aber natürlich würde er mir noch ganz privat einen Besuch abgestattet haben, allein schon, um sicherzugehen, sich trotzdem deutlich genug ausgedrückt zu haben. Zu seiner Belustigung (und meinem Schutz) hätte ich mich auf das immer noch stabile kleine Holzpferdchen gesetzt, das er für mich einmal gebastelt und bemalt hatte und das ich heute noch manchmal benutze, wenn ich traurig sein will. Leise wie die Stimme, mit der er redete, hätte er die Tür hinter sich geschlossen. Ich sehe sein Gehen noch heute, als sei die Tür, die sich hinter ihm schloß, genau in einen Winkel meines Gehirns eingepaßt.

Zu einem Geständnis kam es nie, auch später nicht. Es gibt idealere Gesprächspartner für diese Art Grübeleien über Leben, Liebe und Tod als die eigenen Eltern. Für romantische Experimente sind sie nicht zuständig, nicht mehr. Warum sie also quälen, diese zwei zufriedenen, friedfertig miteinander altgewordenen Menschen, die Mühe hätten, zu verstehen, Mühe, mir überhaupt zuhören zu wollen, und vor allem Mühe, mit den Echos des Gehörten weiterzuleben?

Lassen wir es dabei. Ich war machtlos, ging zu Boden, aber nicht zu Bruch.

Klar ist nur, daß jeder Schuldspruch sein Thema verfehlt, und zwar völlig, weil er das Wichtigste unterschlägt: Endlich, endlich stand ich dem Wunder, das ich prophezeit hatte, von Angesicht zu Angesicht gegenüber. Es war, als hätte sich die Wirklichkeit meinem Willen gebeugt, sich nur geweigert, sich vor mir auch noch zu verbeugen. Ein Kavalier, welcher Schule auch immer, hätte einen anderen, jedenfalls konventionelleren Auftritt hingelegt – und auf den Tisch eine Rose. Mir machte die Regie gleich den Teufel zum Geschenk, oder seinen besten Schüler. Also aufgepaßt, Kleines, keine Stümpereien jetzt, nicht jetzt.

Ich habe diese Schandtat damals selbst meinem Tagebuch verheimlicht. Der 23. Oktober, eine leere Seite! Nichts, nicht einmal ein Ausrufezeichen neben einem grau eingetrockneten Fleck einer einzigen Freudenträne.

Der Tag, an dem das Leben, das ich geführt hatte, aufhörte! Der Tag, an dem ich beschloß, erwachsen sein zu wollen! Mein Körper jedem jener runden Steine ähnlich, die ich schon als Kind aus Bächen gefischt oder an Stränden gefunden und aus Bewunderung für die Vollkommenheit ihrer Form gesammelt hatte, nur um dann zu Hause festzustellen, daß sie das, was mich angelockt hatte, verloren hatten, ihr lebendiges, strahlendes, flüssiges Leuchten. Sie waren, aufgereiht am oberen Rand meines Tisches, erloschen, verstummt, waren stumpfes, rauhes Zeug geworden, das von einer Baustelle stammen konnte, aus einem Garten. Ich zahlte die Anleihe zurück, warf sie zurück in ihr Element, alle bis auf einen, den ich mit Stiefelfett einrieb und, um wenigstens ein wenig recht zu behalten, auf Hochglanz polierte.

Ein Tag, der nichts versprach, wieder einer, wie ich übellaunig dachte, angefüllt mit weiter nichts als Arbeit, Zeitungslektüre und den Zumutungen anderer längst gewohnter Zerstreuungen.

Ich war jung, ein Luxus, von dem ich mir nichts erwartete als eben das: Langeweile, Müdigkeit, vergebliche Mühen, und den ich mit blasiertem Widerwillen ablehnte. Mein Alltagsgesicht hätte einem Friedhofsgärtner imponiert, der, um einen Trauernden nicht zu stören, die Schaufel ruhen läßt und, eine Zigarette rauchend, in die Sonne blinzelt. Soll er mich, dachte ich, doch gleich mit in die Erde verscharren, der gute Mann. Ich lag doch auch sonst gern wie tot herum oder machte, nachtsüchtig, meine Spaziergänge, meine langen Wanderungen. Ein Liebessommer will gefeiert werden, anständig oder unanständig, in trommelnder Geschwindigkeit in Gesellschaft oder allein, eingerollt unter Bäumen. Es konnte sich, wer wollte, auch erschießen. Die Sonne war einverstanden, der Mond auch. Gegen Morgen huschten Zeitungsausträger vorbei, übriggebliebene Tänzer, ein paar Jugendliche mit wehenden Hemden. Ein Mann redete (wie viele Stunden schon?) auf eine Frau ein, die in ihr Auto einsteigen wollte. An einer Hauswand lehnte einer, der sich erbrach. Über den Dächern ein fernes blaues Brennen. Was war verläßlicher als ein Sonnenaufgang?

Ich war *wie der, der träumend wünscht zu träumen,* ein doppelt verwunschener Mensch, schwer brauchbar für eine, die mir die Wange verweigern, sich Sorgen um meinen Gemütszustand machen und die Zuverlässigkeit meiner Gefühle ihr gegenüber anzweifeln würde, während ich mich geistesabwesend über die eindrucksvolle Selbständigkeit meiner Gedanken amüsierte. Woran ich dachte? An mich – und wie ich Salz und Pfeffer zu einer Mischung zerrieb, um eine Grenze zu ziehen zwischen mir und dem Rest des Universums.

Einer wie ich sollte sich hüten, sich in das Vergnügen anderer verlieben zu wollen. Mein Vergnügen war es, allein zu sein, allein, unerreichbar allein. Was für ein Wort! Ein Wort, geschmäht, verhöhnt, verurteilt. Ein Schreckenswort, ein Fluch, dem Menschen fürchterlicher als sein Tod! Ein Schattenwort, ein Mitleidswort! Weh dem, der niemand hat! Weh dem, ich weiß, der damit einverstanden ist, niemand zu haben! Der niemand will, der nichts will. Weh mir!

Sie hätten, ich sah es Ihnen an, die Wörter gerne noch ein wenig länger, verschwenderischer herumgewirbelt, noch mehr Wörter gefunden oder neue erfunden, Theorien und Ansichten über das Alleinsein, seine Verheißungen oder das Verhängnis seiner Endgültigkeit. Welch ein Glück, welch unverdientes, kluges, träges Glück es Ihnen versprach!

Ihre Begeisterung war ansteckend. In meinem Kopf sprach sich herum, was Sie sagten, denn mit jeder Wiederholung, die Sie sich gestatteten, wechselte das Wort, kaum ausgesprochen, sein Kostüm: war Held, Genießer, Harlekin, ein Schurke und ein frommer Mann. Es gab welche, die er beleidigte, andere, jüngere, die er mitnahm mit sich. Und dann, was dann? Wem galt sein Lächeln, als er abtrat? Wem die Verbeugung, die er mit einem Blick mehr andeutete als physisch ausführte? War das sein Einfall, dachte ich, daß ich so offenkundig jünger war als er?

Und wenn, was schlagen Sie vor? Darüber wütend werden zu wollen?

Ich konnte den Kopf halten, wie ich wollte, auch darauf fiel mir die Antwort nicht ein: Wem gehörte das wilde, kräftige, unerreichbare Herz, dem jungen Mann, von dem er erzählte, oder dem, der offensichtlich Gründe hat, ihn zu bewundern, heute noch?

Mir war, was alle wollten, zu gewöhnlich. Was ging es mich an, was erlaubt war? Was gab es zu erfinden, was nicht begann, wie es eben beginnt? Vorspeise, Hauptspeise, Dessert, war das in umgekehrter Reihenfolge nicht aufregender? Das geringste meiner Talente, davon war ich Dummkopf überzeugt, bestand darin, an die Liebe zu glauben. Nur das nicht! Und ich war stolz darauf, und wie. Ich war, zugegeben, genau die Art von Durchschnittstyp, die sich für die Ausnahme hält. Vielleicht faßte ich gerade deshalb den Entschluß, dem Tag, diesem 23. Oktober, einen Denkzettel zu verpassen.

Ich trat in ein Kaffeehaus, schaute mich um, entdeckte eine junge Frau und bat sie um ihre Hand – nein, nicht um sie zu heiraten, natürlich nicht, sondern, wie es mir gerade einfiel, zu verführen. Ich kannte ein für diese Zwecke bestens geeignetes Hotel. Als sie einwilligte, war es zu spät, mich von meiner in diesen Dingen quälenden Schüchternheit aufhalten zu lassen. Verliebt war ich nicht, und ob sie mir gefiel, war zweitrangig. Mir gefiel, was ich tat – und noch mehr gefiel mir, daß sie meine Idee, verrückt zu sein, akzeptierte. Ein Glücksfall auf die Sekunde, deren eine, einzige zitternde Bewegung uns noch heute, dreißig Jahre später, den Atem anhalten läßt.

Sie glauben, säße sie dort hinten und schaute uns zu, sie wäre eifersüchtig?

Was sollte ich antworten?

Eifersucht? Nein. Sollen sich zweitklassige Liebespaare mit der Despotie dieses schrecklich nutzlosen Gefühls abplagen.

Zweitklassig, aha! Armer Othello! Die ganze Raserei, das schwere Herz, der Mord, alles Bühne, alles Schminke! Ob die Liebe wenigstens protestiert, wenn ihr der Reißzahn gezogen wird? Ob sie ihn zu Hause aufbewahrt (wie ich es mit meinen Milchzähnen tat als Kind) oder sich als Talisman an einem Kettchen um den Hals hängt?

Mit jedem Schritt wird sie schöner, mit jedem Schritt, den sie sich entfernt, mit jedem Schritt, den ich zurückbleibe. Je weiter die Entfernung, um so schöner wird sie. Immer schöner wird sie, je weniger ich weiß, wer sie ist, wohin sie geht und wie verwandelt sie zurückkommt, wenn sie überhaupt kommt. Soll ich den Himmel anflehen, sie möge sich, weg wie sie ist, noch einmal umdrehen, um mir, gutmütig staunend, eine Kußhand zuzuwerfen?

Verstanden, das Geheimnis der Schönheit darf nicht angetastet werden.

Niemals! Hände weg! Hände weg vom Verstehen, und keine Rührung. Lieben Sie mich nur mit *dem* Teil Ihres Herzens, der unempfindlich und fühllos ist.

Ich genieße, auch wenn es mich immer noch ein wenig verlegen macht, die Gesellschaft ungewohnter Überraschungen. Daß ich mich allerdings, und das nicht nur einmal, nach einer Frau umschaute, die nicht da war, verdirbt mir noch heute die Laune. Ich bin, merke ich, unerfahren, eine Anfängerin, verzeihen Sie, und, was Ihren Wunsch betrifft, mich von Ihnen entführen zu lassen, erst einmal eine Lügnerin.

Ich lese, wie Sie sich denken können, Romane, ich kann sie auswendig. Ich schreibe ganze Kapitel mit der Hand ab, gewisse Kapitel, in denen nichts passiert, nicht viel. Es ist still, es regnet, und immer ist es eine Frau, die einen Brief schreibt. Und am Ende?

Was immer das Ende ist, ich wäre einverstanden. Warum sonst lebt man?

Ich war aufgeregt. Ein Kunststück, die Kaffeetasse zum Mund zu führen. Wie macht man das, sich zu verlieben, ohne von dem, der einem zuschaut, dabei ertappt zu werden? Bin ich die Farbe, Sie der Maler? Angst hätte ich keine, ich schwöre, auch wenn ich, nackt wie ich wäre, meine Hände vor Ihnen versteckte. Braucht man Hände zum Träumen?

Ich dachte an seine Frau, und was er ihr, während er doch mit mir redete, gesagt hatte.

Kompliment! Auch an Sie, was immer Sie jetzt denken mögen.

Nichts, mein Herr, sagte ich, habe ich gedacht, nichts, nicht damals.

Er setzte die Unterhaltung unserer Blicke fort.

Ich bin nicht eine, der es heiß wird dabei, das nicht, nein, aber man lernt diesen Mut nie ganz, nicht davonzulaufen, nicht wahr?

Ich bewundere Sie, wie ich meine Frau damals bewundert habe. Sie hätte lachen, mich auslachen, hätte aufstehen, eine der üblichen Szenen und, mehr oder weniger laut, einige dieser wenig schmeichelhaften Bemerkungen machen können, mit denen sich eine Frau vor der lähmenden Direktheit einer Zufallsbekanntschaft in

Deckung zu bringen versucht und sich, solange sie daran glaubt, beschützt fühlt. Es hätte schiefgehen können, warum nicht. Es ging immer schief. Ich kannte sie nicht, sowenig, wie ich Sie kenne. Trotzdem blieb sie sitzen. Es war reines Glück. Man fühlt, wie ein Tag einschläft, die Kutscherpferde aufhören, mit den Hufen zu scharren, die Sonne sich, gemächlich müde, nur noch auf das Gold der Kreuze der Kirchtürme konzentriert. Ein Monstrum von Kellner lehnt dösend in der Tür einer Gaststätte. Ich wurde selbst schläfrig, überquerte die Straße, lehnte mich drüben an einen Baum und sah uns aus der Ferne zu, bereit, die eigene Anwesenheit auf Erden für eine Erfindung zu halten, ihre Erfindung, die Erfindung einer Unbekannten.

Mir war nur klar, daß ich schweigen würde. Mich interessierte die Frau, nicht ihr Name, nicht ein Gespräch mit ihr, nicht die Höflichkeit, die Sache, die ich im Kopf hatte, einem Zufall zu überlassen oder auch nur drei, vier Stunden in den Nachmittag oder Abend hinein zu verschieben. Nicht daß ich es eilig gehabt hätte, nein. Ich genoß den Stillstand, das Gleichgewicht unserer Blicke, und meine Gedanken. Es sind die gleichen Gedanken, mit denen meine Frau, besiegt durch Glück, inzwischen ihren Frieden geschlossen hat.

Es gibt sie, sagt sie, diese Frauen, die meinem Mann gefallen. Ich erkenne sie. Und bin einverstanden, meistens. Ich kann böse werden, doch, sehr böse. Nur, was nutzt es? Ich gefalle ihm, so wund vor Verwirrung, auch. Und los geht es mit seiner Unruhe, seinem Schweigen, der

Lust auf all die Liebesgeschichten, die wir noch nicht miteinander gehabt haben.

Erzähl mir, wie es ist, wenn es passiert, wenn ich nicht bei dir bin. Noch trauriger kann man einen Satz nicht sagen. Auch nicht endgültiger. Aber von dieser Endgültigkeit ging eine Wirkung aus, die ihr gefiel – und gefällt. Du siehst eine Frau. Du willst sie haben. Du bist wunderbar, wenn dir danach ist, eine Frau haben zu wollen. Viel Ähnlichkeit mit dem, was Männer sonst darunter verstehen, hat es ja nicht. Du denkst an den Abdruck deiner Hand am Himmel, einerseits. Und gleichzeitig an jedes Stückchen ihres Körpers. Du sprichst sie an. Untersteh dich, abgewiesen zu werden. Und keine Ausreden. Und langweile mich nicht mit Wiederholungen. Mach es, wie es der Mann machen würde, den ich liebe. Ich will es mir vorstellen wollen. Hinschauen, ich verspreche es, werde ich nur mit geschlossenen Augen. Also los. Steh auf. Vor dreißig Jahren ist es dir gelungen, eine Frau anzusprechen, ohne überhaupt den Mund aufmachen zu müssen.

Wir haben die ersten Wochen, fast einen ganzen Monat lang, überhaupt kaum ein Wort gesprochen, wir beide. Es war schön. Liebe macht keinen Lärm so früh. Immerhin war es erst Vormittag, ein x-beliebiger Wochentag. Die Welt war beschäftigt, sie war laut und unzufrieden, wie immer, allem Anschein nach eben doch nicht viel mehr als ein Provisorium, ein sterbendes Gestirn, egal. Mir war nicht danach, mir mit der Vorstellung Mühe zu geben, ich sollte mich einmischen. Ich steuerte ja zeitgleich einen Punkt im magnetischen Kern eines (von keinem Astrologen deutbaren, auf keiner Himmelskarte verzeichneten) Planeten an, dessen Wärmestrahlen mich in eine Person zu verwandeln begonnen hatten, die sich auflöste, als sei ich eine Irdische nur aus Versehen. Gleichzeitig fühlte ich mich unzerstörbar, unzerstörbarer mit jedem Schritt die Straße hinunter, jeder Berührung, die mich dem Wunsch näherbrachte, mich zu zerstäuben.

Was das Bezahlen betraf, hielten wir es wie Männer. Einmal du, einmal ich, immer abwechselnd. So wußte jeder, was so ein Zimmer für die drei Stunden, die man zu mieten gezwungen war, kostet. Kein Nachteil, auch für die zärtlichsten Gefühle nicht, wenn man von meiner nächsten Entdeckung, die mir bevorstand, absieht: eines in der Ecke eines Sofas liegenden angebissenen Apfels. Was war das, Schlamperei des Personals oder die letzte Warnung vor Eintritt ins Paradies?

Das Zimmer!

Ein Zimmer, das ein Bett war. Ein Zimmer voller Aschenbecher, dem Krümel einer toten Fliege auf der Fensterbank und Schwaden eines Scheuerpulvers in der Luft.

Es gibt Zimmer, die, wenn man sie betritt, wie gewaschen wirken im Unterschied zu Zimmern, die einfach nur sauber gemacht wurden, mit einer armen kleinen Blume in einer niedlichen kleinen Vase auf dem Tisch, zurückgelassen als Nachweis dieser Tätigkeit; und es gibt Zimmer (wie dieses hier), wo Putzen nicht hilft, die man desinfizieren muß, um sie dann, zusammen mit einer liegengebliebenen Zeitung, ihrem Geruch zu überlassen.

Es war obszön, sich einzuschließen (sich einschließen zu lassen!), obszön, sich, abgewendet voneinander, zu entkleiden (und mit jedem Kleidungsstück, das ich ablegte, schwerer zu werden). Warum, Herrgott noch mal, gab es nicht wenigstens einen Spiegel, um sich, was ihn betraf, orientieren zu können?

Und wie obszön erst war es, nicht zu reden. Dabei, mein Gott, wieviel ich hätte sagen wollen, was uns betraf. Wie ich reden konnte, wenn mir danach war. Wie ich reden mußte vor Scham, weil ich Angst hatte. Ich hatte noch die Schuhe an. Ein dummes Mädchen, und das mit fünfundzwanzig. Das Recht, etwas wollen zu dürfen, hatte ich ja nie bestritten, nur keine Ahnung (und einen beunruhigend mageren Vorrat an praktischer Erfahrung) gehabt, wie ich den Überraschungscoup eines Ernstfalls überleben sollte. Ich war am Ersticken, so vorsichtig mußte ich atmen. Mir kam nichts bekannt vor. Jeder Gedanke, der mich erröten ließ, war ein Feind. Das war immer schon so. Liebe deinen Feind. Der Schweiß brach mir aus. Ich bekam Fieber. Meine Mutter verlangte, daß ich mich verliebe. Das heilt alles. Streng dich an. Schließlich bist du eine Schönheit. Sie hat interessante Augen, das Kind, meinte mein Großvater. Er selbst soll einen Großvater gehabt haben, der in der Welt herumgekommen sei. Da hat sie ihre Augen her, aus Asien.

Ja, es stimmt. Ihre Augen! Es wäre angenehm, sagten Sie, sie könnte uns mit diesen Augen beobachten.

Sie wünscht sich das ja. Es vergeht kein Tag ohne den Wunsch, mich auch auf diese Weise lieben zu dürfen. Sie kennt mich lange genug und war immer einverstanden, daß nicht alle Wünsche, die ich habe, ihr gehören. Ich will, behauptet sie, nicht einmal, daß der Mann, den ich liebe, mir gehört. Soll er die Liebenswürdigkeit haben, sich selbst zu gehören.

Ich hatte die Liebenswürdigkeit! Das war der Anfang. Kein Alkohol. Nie. Und bitte bleiben Sie, solange wir uns lieben, unsichtbar. Man kann das.

Ich bin mein Eigentum. Ich bin stark. Ich könnte einen Mann, auch den eigenen, verführen, ohne Zeit zu vergeuden.

Sie redet nicht gern, wenn sie weiß, was sie will. Es genügt, daß er gut aussieht und keine Ahnung hat, wie gut. Soll er sich, was mich betrifft, an ein Wesen im Licht einer himbeerfarbenen Glühbirne erinnern, die in einem wenig komfortablen Zimmer unter ihm auf dem Bett lag und ihn, ohne daß er sich besonders geschickt angestellt hätte, mit ruhigem Herzen und noch ruhigerem Gewissen gewähren ließ. Ich habe Glück gehabt, wird er denken, und das, wenn er was taugt, ein Leben lang! Wie sie das, als sie so alt war wie er, mit einer Beimischung aus Aberglauben und koketter Rechthaberei (unter der Parole: Ich wurde geboren, alles weitere allerdings erledige ich selbst!) auch gedacht – und dann, als ich aufgetaucht war, sie schweigend angeschaut und dann zu nichts anderem als zu meinem Vergnügen mitgenommen habe, nie wieder aufgehört hat zu denken. Ich habe Glück gehabt. Mit ihm, den meine Mutter noch auf der Terrasse des Kaffeehauses hätte verhaften lassen, wäre sie dabei gewesen, Glück mit meinem Körper, sogar mit meiner Haut. Ich bin Ehefrau und Mutter, und auch mit den schwierigsten meiner Gedanken inzwischen glücklich. Kleine Kostprobe?

Ich wünsche mir manchmal, der liebe Gott möge mich in die Hand nehmen und mich, wie man das mit einer aus einem Tagebuch gerissenen Seite tut, zerknüllen.

Ein wenig Sterben ist schön, und sich schmutzig fühlen. Man träumt so besser von der Liebe. Aber das sind Träume, wie jedes junge Mädchen sie in mehr oder weniger übertriebener Zuversicht produziert. Es sind die Abschiede, mit denen wir beginnen, das letzte Wort, das die ebenso eilige wie heilige Bereitschaft beteuert, nicht ohne einander leben zu wollen. Die Heimlichkeit gewagter Berührungen, die als Heldentat geplante gemeinsame Flucht und ihr ungeschicktes, ruhmloses Versagen. Es war kindisch, sich interessant zu machen, nur um die Männer mit der Weigerung zu verwirren, sich von ihnen auch nur ansprechen zu lassen. Meine Idee war das nicht. Um mich mit Zerstreuungen dieser Art abfinden zu können, war ich zu ernst – und zu stolz. War das die Unterhaltung, die man mir bot? Auf die Liebe warten, die große, die einzige? Mein Herz wollte sein Gefängnis in die Luft sprengen – und war, wie es einsah, doch ängstlicher geboren als abgemacht.

Sie war weit davon entfernt – sie, mein erschrockenes, entsetzlich verwirrtes, entsetzlich verlegenes Mädchen –, damals darauf schon die Antwort zu wissen. Es gab also nichts, was mich darauf vorbereitet hätte, sie könnte mitkommen. Sie sah nicht so aus, nicht wie andere, die unseren Weg kreuzen, und für deren Entscheidung, sich auf der Stelle verführen zu lassen, weiter nichts verantwortlich wäre als eine angeborene triebhafte, lasterhafte Neigung. Sie aber blühte auf. Und ist seit damals jedes Jahr einmal selbst die Gastgeberin (oder, wenn man will, der Überraschungsgast) – zur Feier ihres eigenen, außergewöhnlich genug zustandegekommenen Glücks.

An diesem Tag verläßt sie das Haus mit zeremonieller Würde, geht spazieren, Zirkusgasse, Praterstraße, Nestroyplatz, läßt sich treiben, in Nebenstraßen hinein, kleine Gassen, in Durchgänge (*Freiwilliger Durchgang* steht über einigen der Torbögen, was sie amüsiert, weil es ihrer Entschlossenheit entspricht, Dinge klarzustellen), Durchgänge, die sich zu Innenhöfen öffnen, wo es enger, schäbiger, ärmlicher wird, und sie zuhören kann, mit welcher Lautstärke hinter geschlossenen Fenstern gerade eine Wohnungseinrichtung (und eine Ehe?) zu Bruch geht, begleitet von geschmeidig fließenden Tonleitern, die seelenruhig ein Stockwerk höher ein Trompeter bläst. In einer alten, ehemals kaiserlichen Pferdetränke ist ein kleines Theater untergekommen, deren Schauspieler im Hof herumsitzen. Hier, denkt sie, als sie die Straße überquert, stand einmal ein Bahnhof, von hier gingen die Züge in den Osten, in alle Richtungen und Entfernungen, oder kamen von dort. Unter den Brükkenbögen haben sich Händler eingemietet, Imbißbuden, Wettbüros, ein Blumengeschäft, alles so, als verkehrten noch Züge. Eine Frau will ihr den Mantel, den sie anhat, verkaufen.

Die guten Adressen liegen anderswo, dort, wo sie herkommt und wo es nicht üblich ist, daß ihr einer mit Halsketten oder Armbanduhren, die er ihr hinhält, den Weg verstellt. Sie schüttelt den Kopf und geht weiter. Der Mann auch, immer neben ihr her.

Hier, sagt er, du kaufen, gut kaufen, günstig, und stößt ihr die Ware gegen die Hände.

Auf dem Ehrenplatz einer Holzbank zwischen den vergitterten, verstaubten Quadraten mit etwas Grünem sieht sie Frauen sitzen, unüberhörbar Ureinwohnerinnen Wiens, die sich über die Zuverlässigkeit von Medikamenten unterhalten, ohne auch nur etwas, was um sie herum passiert, zu versäumen; sie haben die ganze Kreuzung im Visier.

An einer Parkuhr, das Kinn auf die verschränkten Arme gelegt, lehnt ein Junge und betrachtet die verbeulte, aber immer noch beeindruckende Pracht eines amerikanischen Schlittens, der davor geparkt hat; er läßt sich nicht einmal von einer Gruppe Schülerinnen ablenken, die es lieben, Lärm zu machen. Benommen, bewegungslos steht er da. Er ist zu jung, um (wie sie) von Liebesfilmen träumen zu wollen, in denen ein Mann, den Arm um sein Mädchen gelegt, in so einem Gefährt herumkutschiert … »immer geradeaus, immer auf den großen Stern da oben zu«.

So ist sie, meine Tochter, sagte mir ihr Vater noch vor unserer Hochzeit, gib ihr eine Himmelskarte mit allen Sternen, von der sie bis dahin keine Ahnung gehabt hat, und sie wird sie dir am nächsten Tag korrigiert zurückgeben.

Sie wartet, wie Tiere im Schlaf warten, auf den Augenblick (die Männer, die sie sieht, tragen das Glück im Zipfel eines Taschentuchs bei sich und haben, bis es dann Winter wird, die Hemden offen), hingegeben dem Zustand einer Trägheit, die ihr Herz nur deshalb schneller schlagen läßt, weil sie an diesem Tag vor genau dreißig Jahren ein Gesetz erlassen haben, dem sich Liebende nie zuvor gebeugt hatten, einem heiligen, wenn auch heidnischen Schwur, der das gelobte, geliebte Versprechen ewiger Treue außer Kraft setzt, einmal, jedes Jahr ein einziges Mal.

Sie ist mit dem Mann, den sie jeweils mitnimmt, trotzdem nicht allein. Sie war nie allein. Es wäre falsch, sagt sie, es heimlich tun zu müssen. Der Schatten eines Vorhangs genügt, um dich einzulassen.

Da bin ich. Unsichtbar, wie abgemacht.

Sie bedankt sich für mein Erscheinen mit einem gesungenen Seufzen, das ihrem Liebhaber, zumal einem so unsicheren wie ihm, gefallen muß, dessen verborgene Melodie aber einem gehört, von dem er nichts weiß. Aber ablenken läßt sie sich nicht. Sie triumphiert. Sie sieht in diesem elenden Zimmer tatsächlich aus wie eine, die für viele zu haben ist, auch wenn sie nur immer mich dabei anschaut. Jetzt bin ich es, die *dich* anschaut! heißt das. Ich bin es, die verführt. Mit einem Blick, dessen ganzer Sinn in der Entfernung liegt, die er zurücklegen muß bis zu jenem Tag, dessen Geheimnis er gilt.

Bin ich eine Hure? Daß ich nicht lache! Ich muß aufpassen, keine Heilige zu werden. Ich will nicht angehimmelt werden, wenn mir danach ist, mich benutzen zu lassen. Und unterschätzen Sie, wer immer Sie sind, nicht die Kraft der Gleichgültigkeit, mit der eine Frau bereit sein kann, sich zu ergeben. Und ziehen Sie keine falschen Schlüsse daraus. Daß ich Ihnen gefalle, gefällt mir. Daß Sie jung sind, ist kein Nachteil, aber unwichtiger, als Sie glauben. Bilden Sie sich nichts darauf ein. Jugend vergeht. Was ist? Sie wissen nicht, was ich von Ihnen will?

Ich habe nicht etwa den Verstand verloren, es ist nur niemals einfach, diesen Spielverderber und Störenfried ganz loszuwerden, auch für mich nicht. Seit dreißig Jahren kehre auch ich für einen Tag in die Unwirklichkeit einer Welt zurück, dessen Wahnsinn schmale Fußgelenke hat, feingliedrige Hände, einen schönen Hals und auf dem Kopf eine irische Tweed-Mütze. Mein Verstand ist jetzt eine Katze ohne Fell, nur Knochen und Krallen und Augen, die mich mit der gleichen herausfordernd schläfrigen Überheblichkeit anschauen wie die seiner harmloseren Artgenossen. Da liegt es, das Ungeheuer, und droht, mich lächerlich zu finden. Soll es. Ich erlaube mir trotzdem das Vergnügen, mich ohne seine Zustimmung zu Bett zu begeben. Mit wem, entscheide ich. Wann? Wenn mir warm wird in den Beinen.

Ich würde, sagten Sie, nachdem ich den Kaffee ausgetrunken und bezahlt hätte, mit ihr das machen, was ich Sie bitte, mit mir zu tun, standen auf und gingen.

Leise Klopfgeräusche im Holz dreibeiniger Tische

Ich weiß nicht mehr, wer mir die Geschichte erzählt hat und warum eigentlich, ebenso wenig erinnere ich mich, wie lange sie zurückliegt und wie (und ob überhaupt) sich die Dinge schließlich entwirrt haben und zu welchem Ende sie gekommen sind. Ich kenne den Anfang, immerhin. Immer fängt etwas an. Ein Mensch treibt durch eine Straße. Wohin? Hat er ein Geheimnis? Hört er Stimmen? Leidet er? Ist er, obwohl Ärzte das verharmlosen, krank? Ist er dem Gegenwind gewachsen, den die Welt gegen ihn aufbietet? Was tun? Auch jetzt, wo mir Bruchstücke dessen wieder einfallen, was ich gehört habe, bin ich mir keineswegs sicher, um was für eine Geschichte es sich handelt, eine tragische, eine nur traurige oder eine lediglich alltäglich komische, die Komödie zweier Gauner etwa, geboren nur, um sich durch die Zwangsläufigkeit eines Zufalls zu begegnen, zu dem einen Zweck, sich gegenseitig zu betrügen? Ich weiß nicht, ich weiß nicht. Entscheiden Sie!

Eines Tages betrat ein Chinese das in Wien etablierte, sehr angesehene Geschäft des Instrumentenhändlers Silvan Kuppelwieser, nicht zum ersten Mal im übrigen, denn zusammen mit einigen seiner gleichaltrigen Musikerfreunde war der junge Mann schon zuvor einige Male dagewesen, um sich ausgiebig über das vorhandene

Angebot an Geigen zu informieren und genaue Fragen nach deren aktuellem Marktwert zu stellen, wobei er sich, was damals allerdings niemandem auffiel, die eine oder andere Summe, und sei es nur auf einer Seite einer mitgebrachten Partitur, auch noch notierte. Er untersuchte peinlich genau das Material, prüfte die Proportionen, fuhr mit den Fingern über die helleren und weniger hellen Stellen des Lacks, lobte, schwieg oder verwarf, um erst dann die interessanteren der Kostbarkeiten der Reihe nach (und endlich in Ruhe) auch auszuprobieren.

Bei diesen Gelegenheiten war Max Hollannt, Kuppelwiesers erster und bester Angestellter, noch völlig ahnungslos und lediglich erstaunt gewesen über das außergewöhnliche Können des jungen Asiaten; und Hollannt war, was die Kunst seiner Kundschaft anging, weiß Gott verwöhnt. Es gaben sich hier Tag für Tag die berühmtesten Virtuosen die Klinke in die Hand, an- und abreisende Instrumentalisten, Lehrende und Lernende, klanggläubige Teenager, zum Weinen junge Geschöpfe, seltsam abwesend, eingefaßt in die Glasur einer Höflichkeit, die nichts ahnen läßt von der Wut ihres Willens. Wenn Wien ein Ort der Sehnsucht nach Erinnerung ist, kann die Musik, die sie auslöst, beginnen.

Der junge Mann war ein wahrer *wizard* mit verblüffender Fingerfertigkeit, wie er mit schnellen Läufen bewies. Aber eine Geige zum Singen bringen konnte er auch. Der mit Ruhe gesättigte, breite Klang einer einfach nur langsam gestrichenen leeren Saite bewirkte, daß sich einem der Körper mit Wärme füllte. Man hatte dann, wenn man ihn betrachtete, ganz die Wahl, was einen mehr entzückte: der Tänzer, dessen geringste Fußbewegung den Körper bis in die Fingerspitzen alarmierte und diese in Schwingung versetzte, die singende, einem kleinen, rundbäuchig breiten Buddha nicht unähnliche Statue eines Stehgeigers, der unwiderstehlich eindrucksvoll mit seinem Spiel sich selbst betörende Jüngling, ein bis in die Backenknochen konzentriertes, selbstbewußtes Geschöpf, dem es leichtzufallen schien, jene Art von Erstaunen zu provozieren, die ihn vor jedem Publikum als ungleichen, zugegeben ein wenig auch unheimlichen Menschen auszeichnete. Am liebsten, sagte er, spiele er Unspielbares, also Spektakuläres, Virtuoses und bediene sich dabei eines Tricks, den er Niccolò Paganini verdankte; dieser hatte, um einem Auftritt auf die Sprünge zu helfen und der Bewunderung, bevor sie vollends zur Gewohnheit wurde, den kurzen heißen Augenblick des Entsetzens beizumischen, oft absichtlich seine E-Saite angeritzt, die dann mitten im Konzert wie gewünscht auch tatsächlich mit einem effektvoll lauten Knall riß, was ihm Gelegenheit gab, dem Publikum mit der überlegenen Ruhe des Zauberers zu imponieren und unbeirrt (und jetzt erst recht wie ein Irrer!) auf der tieferen A-Saite die vollen zwei Oktaven bis in die höchsten Lagen hinauf auszunutzen.

Der Glücksfall einer Karriere war noch nicht eingetreten, die Sprossenleiter an die Spitze vielleicht noch nicht einmal in Reichweite, der frühe Ruhm gehörte anderen, jüngeren; was ihm blieb, war, mehr nicht, die Hoffnung, es durch einen Zufall eines Tages vielleicht doch noch zu schaffen. Er selbst nannte sich manchmal bereits, nur halb im Scherz, einen ›frühvollendeten Anfänger‹.

Hollannt hatte eine Schwäche für Gaukler. Er war immer selbst auch gern ein Kindskopf gewesen und dankbar für diese Erbschaft, die er, von wem auch immer in seiner Verwandtschaft, mitbekommen hatte. Todernste Musiker liefen genug herum (und auf ging die Tür und da standen sie!), niedergedrückt von allen Sorgen der Welt, der Tonnenlast ihrer Termine, der Zweifel, nicht zu genügen. Sie reisten, immer im Kreis und käuflich, rund um den Globus. Jeder Schlußakkord katapultierte sie ins nächste Flugzeug. Einatmen in Johannesburg, ausatmen in Toronto, eine Verbeugung in Paris beginnen, in Lissabon beenden, Aufstrich in Mailand, Abstrich in Brüssel; der Beifall in Montevideo vermischte sich mit dem in Kairo. Aus Künstlern waren Chips geworden, Spielgeld, das andersbegabte Hände geübt hin und her schoben wie Spielkarten. Sie waren Stars, aber gleichzeitig doch auch Sklaven ihrer Konzerne geworden, Sony- oder Emi- oder Teldec-Angestellte und entsprechend vermarktete Produkte. Sie waren sich, mit oder ohne Frack, der Vergeblichkeit ihrer Empörung dagegen zwar bewußt, aber die Summen, die sie verdienten, wenn sie im Geschäft waren, waren Trost genug. Wenn nichts half, halfen Gifte – etwas, das sich keiner, als er noch jung und idealistisch war und der Musik, die er machte, noch dienen wollte, hatte vorstellen wollen. Nachlässig und schließlich gleichgültig waren die meisten auch der Gesundheit ihrer Seele gegenüber geworden.

Die für eine Karriere erforderliche Funktionstüchtigkeit ihrer Körper war etwas anderes. Darum kümmerten sich inzwischen ganz andere Kaliber als nur gewöhnliche Ärzte. Ihre verschwiegenen Verbündeten im Kampf gegen die vielen kleinen, lästigen, leider berufsbedingten Krankheiten waren jetzt Sportärzte, die die umsichtige Anwendung ihrer Heilmittel schon lange nicht mehr kümmerte, nicht einmal das Risiko eines Mißbrauchs. Der Patient liefert sich mit Rückenschmerzen zur Reparatur ein, aber länger als die Spieldauer eines Streichquartetts darf die Prozedur der Heilung nicht dauern. Wenigstens eine Woche lang fühlt man sich danach dann tatsächlich wie neugeboren, immerhin. Die Furien, die schon am Rückenmark fressen, sind davon allerdings unbeeindruckt!

Immer schon hatte sich etwas in Hollannt empört gegen den Rhythmus dieser Raserei, er hatte sich aber abgefunden, mit dieser Beunruhigung zu leben. Wer unter denen, die er kannte, verdiente schon Mitleid? Wenn man es zu denken wagte, waren darunter sogar ziemlich gewöhnliche, geradezu primitive Menschen; ein unangenehmes Gefühl, sie privat zu kennen, sozusagen hemdsärmlig, aber was konnte man tun, wenn sie einem, während sie Würstchen grillten oder, schlimmer noch, ein Bändchen mit eigenen Gedichten anschleppten und daraus vorlasen, Geständnisse anvertrauten; entweder hatten sie heimlich eine Geliebte, unter deren Ansprüchen sie mit nervösen Magenverstimmungen reagierten, mit allen unerklärlichen Launen und schlechtem Schlaf, mit blamablen Leistungen auf dem Podium und (wie doch alles zusammenfindet!) noch blamableren in gleich zwei Betten, oder es sei ihnen, zum wiederholten Male, mißlungen, sich das Trinken abzugewöhnen, das richtige, das harte, das heimliche Trinken. Man sah sie noch da oben stehen oder sitzen, hatte die Konzentration in ihren Gesichtern noch im Gedächtnis und im Ohr noch die Musik, die sie spielten, und mußte jetzt damit fertig werden, sie als Spießer zu erleben, als laute, unangenehm rechthaberische, eigentlich durch und durch durchschnittliche Dutzendware.

Noch besser als die Menschen kannte Hollannt ihre Instrumente, die er betreute, und sah und hörte deshalb mit Entsetzen, wie müde auch sie waren, wie erschöpft und verbraucht, wie anfällig für Krankheiten, wie hilflos ausgeliefert den Strapazen, die ihnen abverlangt wurde. Manchmal nachts, wenn sein Kopf auf das Kissen sank, sehnte er sich nach einer Welt, die wie er auf dem Rükken lag, zutraulich und schläfrig, im Mund einen Grashalm, einer Welt, die es ablehnte, sich auch nur einem Stern am Himmel zuliebe Mühe zu geben.

An jenem Tag nun, als der Chinese ohne seine Kumpane im Geschäft auftauchte, war zufällig auch Kuppelwieser höchstpersönlich anwesend (ein Mann, der eher wie der Chef einer Möbelfirma aussah), der sich sonst entweder auf Reisen befand oder sich in einer Villa außerhalb der Stadt mit einer hartnäckigen Migräne herumplagte. Allenfalls telefonierte er, um sich von Hollannt über die laufenden Geschäfte informieren zu lassen, was er allerdings jedesmal bereute, denn die Geschäfte liefen schlecht. Was auch der Kasten mit den Zigarren zu spüren bekam. Er war lange nicht mehr geöffnet worden, weil es keinen Grund gab, sich eines dieser Prachtexemplare zu gönnen, eines Geschäfts oder einer Gaunerei wegen.

Es war unerträglich, untätig sein und daliegen und an Dinge denken zu müssen, die ihm leid taten, die er versäumt, falsch eingeschätzt oder zum Nachteil anderer bewußt manipuliert hatte, an seine Unfähigkeit, sich gegen die Konkurrenz mit Anstand, mit aufrichtiger Großzügigkeit und einer irgendwie weltmännischen Noblesse behaupten zu wollen.

In diesem angegriffenen Zustand hatten seine Dämonen leichtes Spiel. Da waren sie, die Zeugen, die Toten, die Vergangenheit, eine Prozession frisch ins Leben geschlüpfter Ungeheuer, die Kuppelwieser schon längst begraben glaubte. Gleichzeitig drohte etwas Schweres, etwas vom Gewicht der Büste Beethovens, ihm den Schädel zu spalten; das täglich entstaubte und immer auf Hochglanz polierte Monstrum aus Bronze hatte ihn vom Bücherschrank herunter seine ganze Kindheit lang beobachtet, eingeschüchtert und, wie er sich einbildete, mißbilligt. Zwei seiner drei geschiedenen Frauen schritten herein, barfuß, Arm in Arm auch noch und in unheimlich flatternden Gewändern, die sich, offenbar auf der Suche nach einem Versteck, an seiner Bibliothek zu schaffen machten und so heimlich taten, als hätten sie vor, eine Sprengladung anzubringen; seine zwei Buben, die ihn nicht erkannten (und er kaum sie) und sich nach einem Blick auf ihn mit der Bemerkung ›Der atmet ja noch!‹ enttäuscht interessanteren Dingen zuwandten; eine graue greisenhafte Frau, eine, wie er sich erinnerte, selbst inzwischen verstorbene Witwe eines Philharmonikers, die, wie um ihn zu ersticken, ihren Pelzmantel über ihm ausbreitete, sich bekreuzigte und begann, Gebete zu sprechen, die nicht etwa seiner Himmelfahrt galten, sondern der gerechten Strafe seiner Verdammnis.

Und irgendwo im Nebel, den sein Gehirn produzierte, saß, lächerlich genug, die Kuriosität eines alten Papageis, dem es aus Protest gegen seinen Ortswechsel (dem von London nach Wien) die Sprache verschlagen haben mußte, denn ohne Publikum wie bei Harrods, wo er auf seiner Stange der Star, der Liebling vor allem der Kinder gewesen war, fiel die Vorstellung aus. Er streikte, kein Zweifel. Keine Namen, keinen der komischen Flüche und auch die beim Kauf des Vogels vertraglich garantierten zwei, drei Zeilen Shakespeare (in der Imitation der Stimme von Sir Lawrence Olivier) nicht. Er zog nur den Kopf ein, als es die Äste einer Tanne gegen die Fenster schlug. Und Kuppelwieser tat es ihm nach, krümmte sich, verkroch sich in einem Kringel aus Armen und Beinen, wurde kleiner und kleiner, als müßte er in die Streichholzschachtel hineinpassen, die er als Kind geschenkt bekommen hatte, die mit den Rechtecken, welche, richtig zusammengesetzt, einen Kreis bilden würden.

Der Chinese entnahm seinem samtgefütterten Instrumentenkoffer eine kostbare, unglaublich schöne Vuillaume-Geige, die ihm gehöre, die er aber leider, wie er behauptete, verkaufen müsse.

Verkaufen, dachte Kuppelwieser, aha, was auch sonst! Natürlich mit Rückkaufsrecht zum Einkaufspreis – wie es alle versuchten. Er kramte in seinen Taschen nach einem Zettel, einer Liste von Besorgungen (Vogelfutter, Duftkerzen, Gurkenmilchcreme).

Und die Papiere, die Unterlagen? Hatte er die dabei?

Eigentlich, erzählte der Chinese, gehöre die Geige seinem Vater, der sie für ihn, als er noch ein Kind gewesen sei, erworben hatte, der sie nun aber zu Geld machen müsse, da er wirtschaftlich in eine Notlage geraten sei. Sein Vater, im übrigen auch sein erster Geigenlehrer, habe ihn mit neun Jahren mit Hilfe eines Staatsstipendiums nach London geschickt, wo er in die Yehudi Menuhin School aufgenommen worden sei, sei selbst nach kurzer Zeit dann aber nach Australien ausgewandert und habe dort ein Klaviergeschäft eröffnet, das eben jetzt abgebrannt sei. Der Vater liege nun im Streit mit Versicherungen – und sei vorerst zumindest so pleite, daß er ihn, seinen Sohn, gebeten habe, seine Vuillaume günstigst zu verkaufen. Deshalb seien sie hier, er und sein Instrument – ohne Papiere, die ja möglicherweise dem Feuer auch zum Opfer gefallen sein könnten.

Das war, was Geschäfte mit Streichinstrumenten (mit oder ohne Nachweis des rechtmäßigen Eigentümers) angeht, keine umwerfend ungewöhnliche Geschichte, so wenig ungewöhnlich wie die nervösen Finger des jungen Mannes, seine bis ins Fleisch hinein abgekauten Fingernägel.

Nachdem er ein Glas Apfelsaft abgelehnt, einen Kaffee aber akzeptiert und den Zucker umgerührt hatte, erzählte er weiter: von den Jahren in London und seiner Reise in die Schweiz, um dort bei Igor Ozim (einer als Talentschmiede ersten Ranges gerühmten Adresse) seine Studien fortzusetzen. Weitere Jahre absolvierte er später noch bei Prof. Zanin in Wien, wobei er sich, wie er nicht verschwieg, gelegentlich auch schon selbst ein wenig als Händler von Geigen und Bratschen betätigt habe, da er Beziehungen habe zu Kreisen in China, Taiwan und Japan. Er sei dort (und auch schon anderswo in Fernost) selbst einige Male schon erfolgreich als Solist aufgetreten, und so habe sich das eine oder andere eben ergeben. Er erwähnte, mehr nebenbei, den Namen einer Händlerin in Hongkong, der auch Kuppelwieser, und Hollannt natürlich auch, geläufig war.

Kein Hochstapler hätte geschickter sein und gelassener alles weitere abwarten können. Von Sonnenresten illuminiert, die durch die Scheibe auf ihn fielen, sah der Chinese aus wie das stumme, aber einprägsame Requisit einer alten rituellen Zeremonie, die Unkundige aus dem Westen entweder einschüchtert (oder einschläfert) oder eben mißtrauisch macht und gerade deshalb zu ganz besonderer Aufmerksamkeit anregt. Genau das war, zumindest was Kuppelwieser anging, im Moment der Fall.

Der junge Mann schien sorglos und lediglich bereit, dem Kreisverkehr der Blicke, der nun einsetzte, zuzuschauen; ihm genügte die Information, die sie enthielten. Die Rakete, die er gezündet hatte, zeigte Wirkung. Er sah, was Kuppelwieser jetzt durch den Kopf ging und wie er in Gedanken entschlossen schien, den glühenden Schweif ihrer imaginären Flugbahn mit der Hoffnung einer strahlenden neuen Zukunft gleichzusetzen. Was hatte der Wiener Geschäftsmann nicht schon alles unternommen, um diesen Markt, dieses Weltreich eines Marktes, zu seinem Vorteil zu erobern, und wie oft war doch alles immer wieder gescheitert.

Und jetzt das: In Australien brennt ein Haus ab, und in Wien betritt ein Chinese sein Geschäft, der die Drahtzieher kannte, die großen Dealer, vorausgesetzt, er hatte sich das alles nicht einfach nur ausgedacht.

Ihm fiel das Buch ein, das Hollannt einige Zeit mit sich herumschleppt hatte. GETTING ALONG WITH THE CHINESE FOR FUN AND PROFIT, ein Ratgeber, aufgemacht wie ein Bestseller. Vielleicht sollte er es sich ja tatsächlich einmal ausleihen.

Sehr schön, sagte Kuppelwieser und meinte damit nicht nur die Geige, die er sich, um sie erst einmal betrachten und ihren Wert einschätzen zu können, aushändigen ließ, eine Vuillaume, eine, um genau zu sein, del-Gesù-Kopie von Vuillaume, eine späte, sehr späte Arbeit, und eine seiner, wie er hören konnte, klangvollsten, als sie Hollannt, in Hemdsärmeln und der umgebundenen farngrünen Schürze, die er bei der Arbeit trug, mit wenigen weichen ruhigen Bogenstrichen zum Klingen brachte.

Donnerwetter, und wahrscheinlich war sie sogar echt.

Ist sie, dachte Hollannt, und, das auch noch, verdammt gut in Schuß.

Was ist heute, Vollmond?

Was war, fiel ihm ein, eigentlich mit seiner Wahrsagerin los, die er wenigstens einmal wöchentlich – telefonisch, versteht sich – konsultierte? Was war das für eine Schlamperei, ein brennendes Haus und einen Asiaten und die Zusammenhänge, die sich daraus für ihn womöglich ergeben könnten, zu übersehen? Wer, wenn nicht sie, hätte die leisen Klopfgeräusche im Holz dreibeiniger Tische doch hören, den Chinesen im funkelnden Prisma ihrer lächerlichen Glaskugel doch eigentlich sehen müssen. Alles, was sie in einem von ihr gezeichneten Diagramm entdeckte, war weiter nichts als der Schatten einer sich entfernenden weiblichen Gestalt. Da Kuppelwieser gedanklich bereits in China weilte, nahm er ihre Warnung kaum zur Kenntnis, brachte sie allenfalls mit dem drei Monate zurückliegenden Tod einer Cousine in Verbindung. Wahrsagerinnen waren so, ihr alle Erd- und Sternenräume verknüpfendes Zeitgefühl erlaubte ihnen verblüffende, durch antrainierte oder wahnhafte Geistestätigkeit ausgelöste Visionen, wie er sie ja selbst bruchstückhaft hatte, dank seines chronischen Migräneleidens. Kein Wort über Geschäfte, Erfolge, den Chinamann. Sie hatte sich nicht einmal an den Fragmenten seines Schicksals zu schaffen gemacht, von brauchbaren Schlußfolgerungen zu schweigen.

Wer war dieser junge Mann? Und stimmte das Gerücht, das Hollannt von einem Kunden, der ihn aus dessen Londoner Zeit kannte, erfahren haben wollte? Daß er nämlich, obwohl bereits Meisterschüler bei Ozim, keine Noten lesen konnte, keine einzige, also ein musikalischer Analphabet war? Ein Scherz? Mag sein,

Hollant hatte Wunderkinder ja immer für etwas ähnliches gehalten, für kleine, zum Fürchten verschnürte Scherzartikel. Er sei wohl, so das Gerücht, mit seinem Handicap allein deshalb so lange unentdeckt geblieben, weil er zu seiner geigerischen Begabung noch über eine andere, vielleicht noch verblüffendere Fähigkeit verfügte, nämlich der, alles nach einmaligem Hören aus dem Gedächtnis spielen zu können. Er konnte sich, hieß das, eine Partitur einprägen und sie Note für Note, Zeichen für Zeichen, mit allen angegebenen Tempi und Fingersätzen wiedergeben – eine, wie Hollant fand, besorgniserregende Art von Genialität. Was würde noch alles ans Licht kommen?

In der Schweiz sei die Sache dann allerdings aufgeflogen. Ozim, als er von der Geschichte erfuhr und sie zuerst nicht glauben wollte, natürlich nicht – er kannte nur einen einzigen ähnlichen Fall, den eines ungarischen Cellisten, der sich dem Probespiel eines Orchesters gestellt und die Konkurrenz weit hinter sich gelassen und die Stelle eigentlich bereits zugesagt bekommen hatte, bis sich herausstellte, daß er keine Noten lesen konnte –, legte seinem Schüler daraufhin eine nicht gerade komplizierte Partitur auf's Notenpult, einen frühen Haydn, und bat ihn, die Sache vom Blatt zu spielen. Und was tat der Chinese? Sagte seelenruhig lediglich: Wie wär's, Prof, Sie spielen es mir vor, und dann ich?! Was Ozim genügte. Weit entfernt, so der Kunde, von jeder Genugtuung, ihn bloßgestellt zu sehen, war er für unseren Lehrer noch mehr zum Rätsel und für uns, für alle seine Freunde vollends zu einer Legende geworden.

Er lernte also Noten lesen, notgedrungen! Aber er büffelte nicht einfach sein Pensum herunter, sondern zog sich in eine kleine deutsche Universitätsstadt zurück, bot einer Forschergruppe, von der er in der Zeitung gelesen hatte, seine Dienste an und übte sich (ihrer und seiner Sache zuliebe) in der Kunst des Jonglierens mit Bällen und Keulen, ein Training, das, wie die Wissenschaftler herauszufinden hofften, die Merkfähigkeit visueller Reize erhöht und damit die Anpassung des neu Erlernten an das Langzeitgedächtnis erleichtert. Und es funktionierte! Er spürte, erst einmal eingeübt in die artistische Disziplin, wie leicht ihm alles fiel. Und wie verdächtig ihm deshalb jede Note vorkam und wie verdrossen er sie anschaute, weil sie so unbeweglich, so unverrückbar eindeutig auf dem Notenblatt stand. Ein Anblick, der ihn dann immer mehr zu jenen Kunststücken herausforderte, die sein Lehrer mit Kopfschütteln quittierte, ihn selbst aber begeisterten, weil sie ihn an das Werfen und Fangen hoch hinaus geschleuderter Gegenstände erinnerten. In eine Art hydraulischer Maschine verwandelt, setzte er seine Ausbildung fort.

Vom Blatt spielen, das jedenfalls konnte er jetzt. Überzeugt, damit der Zeitlosigkeit der Musik einen Dienst erwiesen zu haben, war er nicht.

Die Geschichte, mit der er den Verkauf seiner Vuillaume erklärte, klang allerdings trotzdem erst einmal plausibel. Nur, es war eine Sache, den Wert einer Geige zu bestimmen, sie entweder zu kaufen oder in Kommission zu nehmen, um dann bei einem Verkauf daran zu verdienen, etwas anderes aber, einen Soldaten zu rekrutieren, um eine Schlacht zu beginnen.

Am gleichen Abend noch beriet er sich mit Hollannt. Was will dieser Chinamann, wie Kuppelwieser den jungen Musiker immer etwas abschätzig nannte? Weiß er denn selbst, was er will? Will er ernsthaft verkaufen? Suchte er eine Anstellung? Oder war nur sein Konto im Minus?

Es fielen ihnen keine nennenswert hilfreichen Antworten ein. Ganz sicher wußten beide nur das: es wäre hilfreich, auf einen Mitarbeiter, zuständig für den undurchsichtigen asiatischen Markt, zurückgreifen zu können, denn was für eine Tortur war es ja jedes Mal gewesen, nach einem mehr als siebzehnstündigen Flug hundemüde in einer fremden Welt anzukommen und dort nicht einmal ein Lächeln deuten zu können? Konnte man denn überhaupt sicher sein, daß sie lächelten? Wie oft war die Freundlichkeit der Chinesen am Ende weiter nichts als der höfliche Auftakt einer Abfuhr! Wenn sie, wie Hollannt in seinem Bestseller gelesen haben wollte, fähig waren, sich untereinander allein dadurch zu verständigen, wie sie beim Essen mit den Stäbchen hantierten? Welcher Europäer wäre fähig, sich da in die Unterhaltung einzumischen? HOW TO READ CHOPSTICKS, das alte, fünftausend Jahre alte Ritual der Tischrunde, seine Geschichte, seine Bedeutung. Sollten sie vielleicht einen Fachmann, einen Historiker oder Diplomaten oder gleich eine Geisha als Hauslehrer engagieren?

Vorausgesetzt, Max, der Chinamann, ist nicht doch

nur, wie so viele, die wir kennen, einer jener raffinierten kleinen Schwindler, wäre es nicht klug, den Zufall zu würdigen und seine Beziehungen, seine Fähigkeiten zu plündern? Wäre ein Spion angesichts der Konkurrenz gerade auf diesem Markt nicht goldwert? Gab es, wollte Kuppelwieser von Hollannt wissen, Möglichkeiten, mehr über ihn zu erfahren als das, was er bereit gewesen war selbst zu erzählen? Zanin lebte doch noch, sollten sie ihn nicht einfach anrufen?

Sein besonderer Liebling sei er, aus verständlichen Gründen, nicht gewesen, knurrte der alte Pädagoge, als sie ihn nach einer Woche endlich, etwas kurz angebunden und auch noch erkältet, am Telefon hatten. Schwieriger Bursche, ein wenig vorlaut und, wenn man ihm die Gelegenheit bot, auch gerne streitsüchtig, nun ja, aber begabt, sagte er anerkennend, vehement begabt, nur eben ... (ein Hustenanfall löschte den Satz, unterbrach den Gang seiner Gedanken und brachte Zanin, der versuchte, wieder zu Atem zu kommen, vollends zum Verstummen). Eh nun, warum fragen Sie? Ist er wieder in Schwierigkeiten?

Wieso wieder, dachten beide, welche Schwierigkeiten? Was für Gründe, verständliche noch dazu?

Zanin war, auch weil er das Telefonieren an sich verabscheute, nicht bereit, genauere Auskünfte oder auch nur eine Erklärung seiner Andeutungen zu geben. Mehr als ein ›Wer weiß, was ihn drückt‹ kriegten sie, bevor er auflegte, nicht aus ihm heraus, da half keine Neugier und kein noch so geschicktes Taktieren. Die Neuigkeit, daß er unter großer Belastung (auch der bei Konzerten) dazu neige, aus der Nase zu bluten, half ihnen bei der Frage, ob man ihm vertrauen könne, nicht weiter.

Hollannt, der, sollte es dazu kommen, das Geschäft eines Ankaufs des Instruments abwickeln würde, sah die Sache nicht wie sein Chef ausschließlich unter rein ökonomischen Gesichtspunkten. Seiner Ansicht nach war da ein schwungvoll gestartetes und zweifellos glänzend begabtes Talent aus einer nicht selbst verschuldeten Notlage heraus gezwungen, genau jene Geige verkaufen zu müssen, auf der er als Dreikäsehoch zu spielen begonnen, mit dessen Klang er von Kindheit an vertraut war, auf der er die Welt erobern wollte. Was, wenn sie ihm nun genommen würde? Sich einfach eine andere, irgendeine andere Geige unters Kinn klemmen und die Karriere fortsetzen beziehungsweise sie erst einmal überhaupt richtig zu beginnen? Ihm erschien die Sache wie ein Unglück, das Ende einer vielleicht vielversprechenden Karriere, und er riet deshalb von einem Ankauf erst einmal ab, schlug aber, da er seinen Chef kannte, vor, man solle ihn testen, ihm den Vorschlag einer vorerst lediglich lockeren, jederzeit widerrufbaren Geschäftsverbindung antragen – und ihn auf die eine oder andere ohnehin bereits geplante Reise nach Hongkong mitnehmen. Potential für Gewinne sei, wenn der Chinese den Mund nicht zu voll genommen habe, jedenfalls vorhanden.

Kuppelwieser war einverstanden, und die Reise fand wie verabredet statt – und war kein geringer Erfolg. Er hatte, wie sich herausstellte und Hollannt ihm nach seiner Rückkehr berichten konnte, tatsächlich einflußreiche Freunde, die ihn alle zu mögen schienen. Er sei bei Geschäftsgesprächen als Chinese unter Chinesen respektiert und allein schon wegen seines Geigenspiels Gegenstand der Bewunderung gewesen. Auch sonst habe er sich die ganze Zeit über als ein vernünftiger, angenehmer, sogar äußerst unterhaltsamer Kerl erwiesen.

Und? Sonst noch was? Irgendwelche Auffälligkeiten? Alkohol, Mädchen?

Fehlte nur noch der Vorwurf, sie hätten sich in Hongkong und danach in Tokio (einem Abstecher, zu dem sich beide sehr kurzfristig entschlossen hatten) die Nächte um die Ohren geschlagen und sich dabei womöglich auch noch bestens amüsiert! Sie waren, erinnerte sich Hollannt, an jedem ihrer freien Abende essen gegangen, waren danach durch die Vergnügungsviertel gebummelt, hatten die eine und andere Bar aufgesucht, jede zweifelhafter als die voraufgegangene, seien bald in weiblicher Begleitung und irgendwann im Laufe der Nacht bereit gewesen, den Erwartungen zweier Schönheiten zu entsprechen. Die Entscheidung für gerade diese beiden und die Verhandlungen mit ihnen waren ganz seine Sache gewesen. Der Chinese hatte in diesen Dingen, wie Hollannt während ihrer harmloseren Streifzüge tagsüber durch die Labyrinthe dieser Unterwelt schon mit Erleichterung festgestellt hatte, offenbar die nötige Erfahrung und Kaltblütigkeit – und zum gegebenen Zeitpunkt auch noch die Großzügigkeit gehabt, die Bezahlung diskret selbst zu übernehmen.

Auffälligkeiten? Nein! Nicht, daß ich wüßte. Es sei denn die, daß er ungerade Zahlen liebt.

Was bitte? Kuppelwieser hielt die Bemerkung für einen von Hollannts üblichen Scherzen, die komisch zu finden er aufgegeben hatte. Nun mal ehrlich, was traust Du dem Burschen eigentlich zu?

Du meinst musikalisch?

Ach was! Du glaubst doch nicht etwa im Ernst, daß er noch den Sprung an die Spitze schafft! Schau dir doch nur unseren Kindergarten an. Allein in Wien gibt es jede Menge jüngere, wesentlich ehrgeizigere und schon jetzt bessere, auch technisch bessere Geiger als ihn. Ich meine, geschäftlich!

Stimmt, dachte Hollannt. Die Vernarbung unterhalb des linken Kinnknochens (das Kainsmal aller Geiger) war bei ihm nahezu verheilt, verschwunden, das untrügliche Zeichen, daß er wahrscheinlich nicht einmal mehr übte, nicht genug jedenfalls. Aber wenn er zum Beispiel einige im Tresor verwahrte Geigen nahm, um sie, wie man sagt, *gesund zu spielen*, wenn er seine Arpeggien, Skalenläufe und Kadenzen hinlegte und man ihm dabei zuhörte, konnte man nachdenklich werden.

Wie gut war Hollannt noch jene blasse, lange von den selbstverordneten Strafarbeiten täglichen Übens wie ausgezehrt wirkende, dann aber erblühende Rumänin im Gedächtnis; immerhin war sie, bevor sie ihren Wohnsitz nach London verlegte, lange genug eine seiner treuesten Kundinnen gewesen, geigerisch eine Standardbegabung, bis sich plötzlich ein Mann, ein reicher Pelzhändler ebenfalls rumänischer Abstammung, für sie zu interessieren begonnen hatte, ihre Karriere zu seiner Herzensangelegenheit machte, sie förderte (und ins Bett befördert haben soll, wenn die Verführung nicht, wie man sich erzählte, überhaupt ihre Idee gewesen war), woraufhin ihr aus einer prominent bestückten Instrumentensammlung einer Bank prompt ein international konkurrenzfähiges Instrument leihweise überlassen wurde. Sie präsentierte sich in großer Garderobe, hüftschlank und schulterfrei, als kindlich scheues oder, wenn es die Partitur hergab, hinreißend launisches, fast ungezogen wildes Geschöpf, das bei der Klientel, die weltweit die Konzertsäle füllt, alle Chancen hatte, in Erinnerung zu bleiben.

Trotzdem, natürlich, verstand er Kuppelwieser. So recht hatte er selbst auch keine Erklärung für die mangelnde Entschlußkraft, die er an seinem chinesischen Freund wahrnahm. Weder war er der selbstbewußte, virtuos angriffslustige Draufgänger, der sich, alle Segel gesetzt, als Solist durchsetzen wollte, noch der mit leidenschaftlicher Vornehmheit die Kammermusik liebende Instrumentalist, noch weniger der Typ, sich mit einem sicheren Beamtendasein als Orchestermusiker, etwa als Stimmführer der zweiten Geigen, und sei es auch bei einem Orchester wie dem der Wiener Philharmoniker, einer der weltweit allerersten Adressen immerhin, zufriedengeben zu wollen. Wir sollten abwarten, schlug er vor, vorerst wenigstens, und etwas mehr Vertrauen investieren.

Wäre *riskieren* nicht der passendere Ausdruck, fragte Kuppelwieser, Vertrauen *riskieren*?

Bei einem mit seinem Gedächtnis? Ein Stück einmal gehört – und er spielte es. Alles, was je an Streichinstrumenten in einem Katalog oder Buch abgebildet war, erkennt er wieder, ein Kapital, das wir nicht unterschätzen sollten. Ihm fiel die Geschichte mit Schwarzberg wieder ein, Katz Schwarzberg, einem spinnerten Amerikaner, der zusammen mit seinen dreißig Geigen, die er zu einem günstigen Zeitpunkt zusammengekauft hatte, ganz bescheiden in einem Drei-Zimmer-Apartment hauste, obwohl er millionenschwer war. Ein kauziger alter Herr im Besitz einer der erlesensten Sammlungen der Welt! Er beantwortete keine Briefe, war am Telefon ein Scheißkerl und schmiß jeden, der trotzdem versuchte, ihn persönlich wegen eines Verkaufs zu kontaktieren, hochkant aus der Wohnung. Nur einen, einen englischen Händler, selbst ein Verrückter, schreckte das alles nicht ab. Er schaffte es erst einmal wenigstens bis ins Wohnzimmer. Und was tat Schwarzberg? Sie kennen die Geschichte ja sicher.

Nein. Was tat er?

Er zeigte ihm seine Geigen. Aber, sagte er, wenn Sie nur eine nicht erkennen, haben Sie hier – und übrigens in diesem Geschäft insgesamt – nichts zu suchen!

Und?

Er gab ihm auf den Kopf zu jede gewünschte Antwort.

Aha!

Er hatte ihn! Als er auch das einzige faule Ei als das, was es war, identifizierte, eine absichtlich von Schwarzberg, diesem Schlitzohr, unter die Königskinder geschmuggelte, völlig wertlose Geige, war der alte Sonderling so beeindruckt, daß er ihn zum Mittagessen einlud und anschließend auch noch zu einer kleinen Spazierfahrt hinaus nach Long Island; und auch das Auto, das er besaß, war nicht von schlechten Eltern, ein 58er Chevrolet Bel Air, schieferblau, Ganghebel hinter dem Lenkrad und so.

Aha! Und weiter? Die Pointe?

Die Pointe? Vor Oyster Bay haben sie einen Platten! Links hinten! Na ja, und wie es so ist, fängt es im gleichen Moment auch noch an zu regnen, und wie. Ein Wolkenbruch! Die Straße steht im Nu unter Wasser. Wann haben Sie zuletzt einen Reifen gewechselt?

Ich?

Sehen Sie, Silvan, das ist es! Man kann Geschäfte am grünen Tisch abwickeln oder am Straßenrand, mit nichts als der Fähigkeit, einen Wagenheber bedienen und einen Ersatzreifen montieren zu können! Und genau das hat der gute Mann getan. Schwarzberg war nicht nur, was sein Auto und seine Hilflosigkeit angesichts eines Mißgeschicks wie dem eines Platten anging, ein Mann von gestern. Er hatte einfach, wie sich herausstellte, auch von sonst nichts eine Ahnung, nicht jedenfalls von dem, was sich in den letzten zwanzig, dreißig Jahren auf dem Instrumentenmarkt getan hat. Als sie am Abend nach New York zurückfuhren, war nicht nur der Kontakt etabliert, Schwarzberg war überraschenderweise sogar bereit, sich von dem einen oder anderen Stück seiner Sammlung zu trennen.

Stumm und steif stand Kuppelwieser von seinem Stuhl auf. Wohl war ihm nicht, Hollannts Vorschlag zu akzeptieren, hin und her gerissen wie er war zwischen einer ihn beständig selbst quälenden Verzagtheit und seinem Wunsch, endlich auch einmal, einmal wenigstens, mit der Unerschrockenheit des kämpferischen Unternehmers aufzutrumpfen. Einerseits, das war ihm klar, waren Risiken einigermaßen unumgänglich, gleichzeitig lähmte ihn die Angst, keine Kontrolle zu haben. Wie denn aber konnte man sie behalten über Vorgänge, die den unheilvollen Charakter eines Experiments hatten? Hatte es denn in seinem Leben, überlegte er, während er am Abend am Steuer saß und, um die Reifen zu schonen, vorsichtiger als sonst nach Hause fuhr, niemals einen Menschen gegeben (und warum nicht?), der ihn gelehrt hätte, dem Glück zu vertrauen?

Auch eine zweite, eine dritte Reise, die der Chinese danach allein unternahm (im Gepäck zwei mit allen für eine Auslandsreise erforderlichen *carnets* versehenen Kostbarkeiten, einer Techler und einer venezianischen Serafino), brachte Ergebnisse: neue Klienten, Kontakte, Kooperationsmöglichkeiten.

Allerdings auch eine erste irritierende Überraschung. Er hatte die Verhandlungen und zwei Verkäufe (zusammengenommen immerhin eine Gewinnspanne nahe an einer viertel Million) telefonisch bestätigt und seine Rückkehr angekündigt, war aber erst zwei Monate später wieder aufgetaucht – in zwei Kuverts, die er aus einer Manteltasche kramte, eine Geldsumme, die zwar hoch, nicht aber ganz dem angekündigten (und quittierten) Gesamtgewinn entsprach. Ein drittes, ebenso prall gefülltes Päckchen, das er präsentierte, enthielt die Belege seiner Ausgaben, um deren Rückerstattung er bat (und niemand fiel jener kleine, verdächtig dicht mit Zahlen beschriebene Block auf, der zwischen die Rechnungen geraten war, Zahlen, die man für Telefonnummern halten konnte, für mathematische Spielereien oder einfach für das, was sie waren: eine Ansammlung ungerader Zahlen, keine höher als die höchste ungerade Zahl im Kessel eines Roulettes!).

Er sei, erklärte er, die ganze Zeit infolge einer Fischvergiftung im Bett gelegen und habe, kaum halbwegs wieder auf den Beinen, für eine Woche verreisen müssen.

Aha! Und weiter?

Nach seiner Rückkehr sei sein Mitbewohner, ein slowenischer Pianist, ausgezogen und das restliche Geld verschwunden gewesen.

Kuppelwieser glaubte ihm kein Wort. Sie müssen verrückt sein, wenn Sie annehmen, damit durchzukommen! Er konnte nicht ahnen, wie nahe er damit der Wahrheit gekommen war, verspielte die Chance dann aber vollends, als er ihn, nur noch übellaunig und irgendwie beleidigt, ganz offen des Betrugs beschuldigte.

Der Chinese schien nichts übrig zu haben für unbeherrschte Temperamentsausbrüche, sagte höflich nur: Das möchte ich bestreiten! und weiter nichts, und blieb dabei so ruhig, daß Kuppelwieser die Schroffheit seiner Äußerung fast bedauerte. Ihm wäre ein Duell der Argumente, ja selbst eine scharfe Schreierei lieber gewesen als die Stille, die ihm die Luft nahm und die Laune verdarb, sich im Recht zu fühlen.

Was tun?

Nur nicht gleich die Polizei einschalten, nur das nicht. So ganz und gar wohlanständig war kein Geschäft, auch das mit Instrumenten nicht – und Bargeld, wie es in dieser Größenordnung gerade vor ihm auf dem Tisch lag, hineingestopft in zwei fleckige, bereits eingerissene Umschläge, war ja auch nicht gerade eine Referenz.

Der letzte gewaltige Skandal lag noch nicht einmal ein halbes Jahr zurück, und die Zeitungen hatten natürlich auch in Wien darüber berichtet: eine zu Ungunsten der Besitzer manipulierte Schätzung unschätzbarer Instrumente einer Sammlung, die dann auf einer Auktion in London zum Großteil zu Spottpreisen von eben jenen (im übrigen in der Branche hoch angesehenen) Händlern, die auf Bitten der Erbengemeinschaft den Wert bestimmt hatten, erworben und von ihnen später teilweise um das Zigfache weiterverkauft wurden.

Kuppelwieser selbst war damals von Journalisten (und in den Abendnachrichten vor laufender Kamera) um eine Stellungnahme zu den eindeutig kriminellen Machenschaften gebeten worden – und hatte Blut geschwitzt im Bemühen, sich zwar angemessen, aber doch eher diplomatisch geschickt zu empören. Anderntags waren die Meinungen, wie überzeugend sein Auftritt gewirkt habe, geteilt gewesen, sehr geteilt, was ihm zusetzte.

Die Begeisterung, mit der seine Freundin ihn noch am Abend der Ausstrahlung zu Hause umarmt und zu seiner Heldentat beglückwünscht hatte, war, wie er wußte, lächerlich und ihm, zumal er sie in der Stimmung gereizter Hilflosigkeit ohnehin für weiter nichts als eine ungeschickt übertriebene Schmeichelei hielt, einen Streit mit ihr wert; was schließlich verstand sie schon von den Feinheiten eines derart hochsensiblen Geschäfts, was mischte sie sich überhaupt ein; und warum Komplimente, wo er doch, wie er gut genug selbst wußte, kläglich versagt hatte?

Sie erschien ihm plötzlich unerträglich dumm! Und genau das sagte er ihr mit allem Haß, der in ihm war, auf den Kopf zu, und zwar völlig ruhig, herablassend ruhig, jedes Wort mit einer Deutlichkeit betonend, die an Gemeinheit nichts zu wünschen übrig ließ. Dann ließ er sie stehen, ging in sein Arbeitszimmer und wartete darauf, von einem neuerlichen Migräneanfall niedergestreckt zu werden – der allerdings ausblieb.

Und sie, wie reagierte sie? Zuerst begriff sie gar nicht, daß er sie gemeint haben könnte; und als sie es schließlich begriff, war sie verblüfft, daß sie weder zu weinen anfing noch, von einem Tobsuchtsanfall heimgesucht, vor der von innen verschlossenen Tür Aufstellung bezog und aus Leibeskräften schrie. Mit einer Zeitverzögerung von ein, zwei Tagen, die sie, noch immer einigermaßen benommen, teils in der Badewanne, teils im Bett verbrachte (wo kein Streit, keine Kränkung sie je daran gehindert hatte, sofort einzuschlafen), begann sie den neuen Zustand zu ihrer Verblüffung sogar regelrecht zu genießen. Auf maßvolle Weise – und ohne im mindesten der Versuchung zu erliegen, sich für das Verhalten ihres Liebhabers rächen zu wollen – riskierte sie die ersten Schritte, ihre Unabhängigkeit zurückzuerobern.

Ich finde, wenn ich mich als Autor ausnahmsweise

auch einmal einmischen darf, daß sie Beifall verdient! In Gesellschaft zum Beispiel benahm sie sich, auch in seiner Gegenwart, als sei sie ohne Begleitung erschienen, während der längst reuige Kuppelwieser sie nicht aus den Augen ließ und nur darauf wartete, daß sie ihm den Gefallen tat, eifersüchtig sein zu können. Aber sie hielt nicht etwa Ausschau nach Männern, die sie, ganz gegen ihre Gewohnheit, alle unbeachtet links liegen ließ, sondern saß lieber abseits und ganz mit sich zufrieden allein in einer Ecke auf dem Boden oder mitten in einer Gruppe ihr unbekannter Gäste, deren Gesprächen sie lauschte.

Einmal hatte eine Frau, eine rundliche, rotwangige Fünfzigjährige, die man sich eher als Beschützerin eines Gemüsegärtchens denn als Fotografin und Fotojournalistin vorstellen konnte, erzählt, wie sie die letzten drei Jahre den Flußlauf der Wolga entlanggereist war und mit Bauern, mit Flußfischern, Klosterbrüdern und Schmugglern gelebt, bei ihnen gewohnt, mit ihnen getrunken und sie fotografiert hatte; sie war von dieser Person so begeistert gewesen, daß sie sich mit ihr ein zweites, ein drittes Mal getroffen und sogar angefreundet hatte.

Oder sie unterhielt sich, wie vor einigen Tagen erst, mit dem Gastgeber, einem Professor, der ihr von einem Besuch im Theater und dabei etwas von einem Taschentuch erzählt hatte, einem ganz bestimmten Taschentuch natürlich, dem, wie er es nannte, berühmtesten Theaterrequisit der Welt, das dem, der es bei sich trägt, Reize verleiht und die Kraft, das Herz der Geliebten für immer treu an sich zu binden.

Dieser Mann, dieser Professor, an dessen Lippen sie hing, mußte im Besitz, wenn nicht eines ganzen, so doch eines Zipfelchens dieses Tuches sein.

Nah dem Herzen eines geliebten Menschen – und tatsächlich dachte der Professor gerade an einen, der seit Stunden beschäftigt war, weil er es als seine Pflicht ansah, sich, wenn sie schon Gäste bewirteten, in der Küche auch etwas einfallen zu lassen. Darauf bestand er.

Das Gericht kennt bestimmt keiner, hatte er sich gefreut, als er seine, wie er es nannte, asiatische Improvisation vorbereitete und ich ihm, neugierig und verliebt, über die Schulter schaute, wo ich mich doch auf das hier – er hob sein Glas –, auf die Mixtur meines Cocktails zu konzentrieren hatte, den ich umrührte. Wohl bekomm's, mein Kind!

Sagte es, und sie tranken.

Es tat gut, sich ein wenig aufheitern zu lassen, und es schmeckte! Also, ich rate mal. Grapefruitsaft, das ist klar!

Er nickte. Klar!

Dann würde ich sagen: Und Maraschino!

Kompliment!

Und Weißwein!

Eingefleischte Weinkenner würden mich steinigen für das Verbrechen, einen Chateau d'Yquem nicht einfach solo, wie er es verdient, zu kredenzen, frisch aus dem Eisschrank und in kleinen Gläsern.

Damit war die Liste der Bestandteile jener Flüssigkeit vollständig, die im Laufe des Abends Kuppelwieser zu schaffen machen sollte, der irgendwie armselig und einsam herumstand und sich geistesabwesend immer wieder sein Glas nachfüllen ließ.

Wissen Sie, ermahnte der Professor seine neue Studentin, Sie dürfen mich nicht so anschauen, sonst erzähle ich morgen früh noch davon, lauter Geschichten von Trauben und Rebstöcken, von der Erde, auf der das alles wächst, von der Beschaffenheit dieser Erde, ihrer Besonderheit, vom Wetter, worüber man ausnahmsweise, und ohne daß es einem peinlich sein müßte, reden *muß*, wenn vom Wein die Rede ist, vom Regen und vom Nebel und von der Sonne natürlich; und wie das dann alles in Fässern verschwindet und dann in Flaschen und in einem Glas wieder auftaucht und durch die Kehle eines Menschen nach innen fließt, in sein Blut, seinen Kopf, seine Gedanken – und was es dort anrichtet, auch wenn die Philosophen und die Dichter nicht müde wurden, ihn zu besingen. *Denn ohne Lieb und ohne Wein, sprich Mensch, was bleibst Du noch? Ein Stein.* Ich habe irgendwann einmal, als Student schon, glaube ich, gleich nach dem ersten richtigen Rausch, damit begonnen, alles, was ich an Literatur über den Wein finden konnte, zu sammeln und einiges davon in ein Heft zu schreiben. Für alle Fälle. Es ist immer gut, als Ausrede, wenn man nicht mit dem Trinken aufhören will, zum Beispiel Dante zitieren zu können: *Vom Urbeginn der Schöpfung an ist dem Wein eine Kraft beigegeben, um den schattigen Weg der Wahrheit zu erhellen.* Ich bitte Sie also!

Bitte erfüllt. Zurück in die Küche. Ich bin gespannt, sagte sie, – auf die Überraschung!

Ich auch. Auch wenn ich den Namen der Speise nicht

kenne – und ihn deshalb nicht verraten kann –, so kenne ich doch meinen Freund und weiß, was ihn, wenn er in der Küche steht, interessiert; im übrigen nicht nur am Herd, sondern überhaupt in seinem Leben, seinem Fühlen und Denken, auch in der Liebe, die zwei Menschen, wenn sie gescheit sind, erobern wollen. Zwei Menschen, zwei Materialien verschiedener Konsistenz! Wie soll ich Ihnen das erklären? Die Vereinigung zweier Prinzipien, auf den einfachsten Nenner gebracht. Na ja, einfach, was heißt das schon. Nichts ist komplizierter als das Einfache. Und es macht eine Menge Arbeit, aber das soll es ja, das soll es ja.

Der alte Herr, nicht sicher, ob sie ihn verstanden hatte, suchte nach einem Beispiel – und wählte, der Anschaulichkeit wegen, die Wiener Cremeschnitte! Die kennen Sie doch sicher, nicht wahr? Schauen wir uns das verlockende Gebilde an. Aus was besteht sie? Nun, aus zwei gegensätzlichen, kunstvoll aufeinander geschichteten Materialien. Aus Blätterteig als dem Prinzip des Spröden, Zerbrechlichen, Krümeligen – und feinem cremigem Schaum, dem Prinzip des Buttrigen, Fetten, Fließenden, also dem genauen Gegenteil. Die Zunge taucht ein in den Schaum, dessen Geschmack sie dem Gaumen überläßt – und dazwischen knackt und knistert und bricht die festere Konsistenz des Blätterteigs. Das ist das Erlebnis, das wir genießen, wenn wir unsere Sinne einer Wiener Cremeschnitte anvertrauen.

Fassungslos starrte Kuppelwieser eine Frau an, die er so anrührend aufmerksam, so zauberhaft unkompliziert, so humorvoll und so selbständig nie erlebt hatte. Er schrumpfte, sie wuchs; er mußte sich, was ihre auffallende Veränderung, eine für sie bis dahin ganz untypische, und alle, die sie schon länger kannten, beeindrukkende Bescheidenheit betraf, an diesem Abend auch noch Komplimente gefallen lassen und die Frage, wie er es geschafft habe, aus ihr eine so entzückende Person gemacht zu haben.

Alles an ihr veränderte sich, die Frisur, die Rocklänge, ihr Gang, ihre Sprache, ihre Aussprache vor allem, der Slang einer aus einer reichen Familie stammenden Amerikanerin aus dem Süden. Sie verzichtete, von einem Tag auf den anderen, auf ihre Anwesenheit bei Auktionen, wo sie Stammgast gewesen war.

Die Katastrophe war, soweit es Kuppelwieser betraf, perfekt: Sie war mit sich und der Welt, ihn ausgenommen, rundum zufrieden! Eine bedrohliche, unerklärliche Entwicklung! Es mußte seine Grobheit eine Explosion in ihr ausgelöst haben, die nichts zerstört, sondern alles in ihr neu erschaffen hatte. Plötzlich war der Kreis, der nie einer war, rund. Es war, als wolle sie den Rückstand so vieler an seiner Seite verlorener Jahre aufholen.

Dies ist die Geschichte von Franny, einer jungen College-Studentin, die an der Liebe und am Leben verzweifelt stand auf dem Umschlag eines Buches, das sie entdeckt und gekauft hatte und neuerdings mit sich herumschleppte. Das war sie auch gewesen, ein College-Girl, von Liebeskummer und kleinen Verzweiflungen geplagt. Aber erst der zweite Satz vorne auf dem Buch hatte, als sie ihn las, den Ausschlag zum Kauf gegeben.

Zooey, ihr Bruder, führt sie lebensklug wieder zu Umweltverständnis und Daseinsfreude zurück. Die Verkäuferin strahlte, als sie mit dem Buch an der Kasse erschienen war, und gratulierte ihr. Es sei, sagte sie, auch ihr absolutes Lieblingsbuch, einfach wunderbar, wunder-, wunder-, wunderbar.

Also doch, sie hatte es geschafft, sich ein Buch zu kaufen und war gleich auch noch gelobt worden; was sie jetzt noch lernen mußte, war die Geduld, die nötig sein würde, es zu lesen, und zwar von vorne weg, und nicht nur drin zu blättern, wie sie es von ihren Zeitschriften gewöhnt war.

Dann der Brief! Der Dauerzustand meiner Dummheit gehört der Vergangenheit an, schrieb sie ihm. Ich bestreite nicht, daß Du mit deiner Meinung, was mich betrifft, recht hattest, und eigentlich bin ich Dir dankbar. Ich kann nicht glauben, was passiert ist. Nur daß ich losrennen, mich bewegen, mich in den Wind werfen will, das glaube ich! Gönne mir die Freude, mich freuen zu dürfen! Deine Susan. Ach so, schrieb sie in einem kleinen angefügten Postscriptum: Ich bin, Gott sei Dank, doch nicht schwanger!

Das saß. Das war der Schlag, der ihn niederstreckte!

War das die ganze Ausbeute ihrer Liebe? Nicht, daß sie nicht schwanger war (dem konnte in kürzester Zeit abgeholfen werden, falls sie ihm je wieder die Rückkehr ins gemeinsame Schlafzimmer gestattete), sondern daß sie Gott dankte, es nicht zu sein?

Sie lehnte es ab, Gespräche über ihre Zukunft zu führen, kam und ging, wie sie wollte, und fing – ausgerechnet sie, die amerikanische Patriotin! – mit dem Rauchen wieder an. Was vielleicht an Franny lag, die, unglücklich wie sie war, wie verrückt qualmte.

Und jetzt, sind Sie wenigstens wieder gesund?

Offenbar war der Chinese das, zumindest was die Fischvergiftung anging. Und nicht nur gesund, sondern auch schon wieder recht munter, denn er erbat sich im Interesse bestimmter späterer Geschäfte, wie er sich ausdrückte, eine Kreditkarte der Firma, ausgestellt, versteht sich, auf seinen Namen, mit einem Kreditrahmen von dreiundzwanzigtausend Schweizer Franken (wie kam er nur auf ausgerechnet diese Summe, abgesehen davon, daß sie seinem Faible für ungerade Zahlen entsprach?). Er müsse, forderte er, finanziell einfach beweglicher sein als bisher. Sprich: Man muß warten, muß abwarten können, aber die Dekoration muß stimmen, und die kostet. Er habe hohe Telefonkosten (in rekordverdächtiger Höhe, so Kuppelwieser), müsse Rechnungen und entsprechende Trinkgelder in Restaurants oder Nachtklubs in Tokio und Hongkong (oder wo auch immer sich eine Gelegenheit für neue Geschäfte böte) zahlen können, sich den Umständen entsprechend hin und wieder auch neu einkleiden, von den Preisen und sonstigen Aufwendungen in Hotels abgesehen, bestimmten Hotels, versteht sich, in denen man einfach absteigen müsse, um bei Kunden glaubwürdig zu wirken, und die bekanntlich ja alle nicht gerade billig seien.

Beeindruckend war das, mit welcher Selbstverständlichkeit und Begeisterung er den Rahmen absteckte, sich im Sinne der Firma nützlich machen zu wollen. Ein vollberechtigter Teilhaber hätte nicht mehr auftrumpfen können, und nicht rücksichtsloser, besonders Kuppelwieser gegenüber rücksichtsloser, von dem er spürte, wie sehr ihm dieser Feigling gefährlich werden konnte. Es war, was diese Sorte von Händlern anging, am besten, gleich vollends auf Angriff zu schalten. Schließlich verlangte er ja keine Dienstwohnung mit roten Teppichen bis unter die Dusche. Er bestand auch nicht, nicht bei Flügen innerhalb Europas, auf einem Ticket erster Klasse. Was hatte dieser Kuppelwieser denn zu bieten, außer daß er zwischen einem Kunden, der die aktuellen Preise kannte, und einem Kunden, der keine Ahnung hatte, unterscheiden konnte. Jedes Kind konnte das. Gesetzt den Fall (er sprach wieder mit gut vernehmbarer Stimme, das Auge scharf auf Kuppelwieser gerichtet!), ich kriege mit, daß in Amsterdam oder Prag eine Sammlung verscherbelt werden soll, eine Verlassenschaft, und gesetzt den Fall, ich habe Informationen oder auch nur so ein Gefühl, daß es sich lohnen könnte, schneller als andere dort aufzutauchen und gegebenenfalls ein Angebot zu tätigen, soll ich dann immer erst hier anrufen und auf ein Okay warten und großzügigerweise auf eine Geldüberweisung? Ich meine, was soll das!

Seine Schulden schien er vergessen zu haben. Es ging, wenn man ihm glauben wollte, bald ganz schön bergauf.

Glaubte ihm Hollannt, und was glaubte Kuppelwieser, der kurz davor war, den Chinamann mitsamt seinen hochfliegenden Plänen rauszuschmeißen?

Egal, was sie glaubten, in jedem Fall mußte erst einmal

– als Sicherheit sozusagen – die ihnen angebotene Vuillaume hinter Schloß und Riegel.

Im Tausch gegen die Kreditkarte (auf einen Spielraum, der vorsichtshalber auf die Hälfte der von ihm geforderten Summe reduziert war) wanderte das wertvolle Stück in den Tresor, Schulter an Schulter mit ähnlich adligen Geschwistern. Als Zeichen guten Willens und weil er schließlich ein Instrument zum Üben brauchte, liehen sie ihm eines, eine nicht mehr als brauchbare Arbeit von Gaetano Pasta, die der Chinese mit einem Gesicht entgegennahm, als habe eine Majestätsbeleidigung es in Erstarrung versetzt.

Hollannt war realistisch. War Geigenklang, tanzte der Teufel!

Aus Zürich trudelten Abrechnungen in Wien ein, die belegten, daß er allein an einem einzigen Tag das Firmenkonto mit neuntausend Franken, an anderen Tagen mit weiteren, auch nicht gerade belanglosen Beträgen belastet hatte (verjubeltes Geld, so ein sorgenvoller Kuppelwieser). Er liege, ließ er per Fax wissen, mit Rückenschmerzen flach, und zwar bewegungslos, und bedaure, im Moment nicht nach Wien kommen zu können, was um so bedauerlicher sei, da er dringend die Hilfe seines Masseurs benötige.

Komisch, dachte Kuppelwieser, seit mich dieser Scheißkerl ausnimmt und anlügt, ist meine Migräne wie weggeblasen!

Dann kam ein Brief, wenige handschriftliche Zeilen nur, die mit einem schwungvoll hingemalten und mit mehreren stämmigen Ausrufezeichen versehenen BINGO auf einen beigelegten Zeitungsausschnitt der Financial Times hinwies, in dem von einer jungen, überall bereits triumphal gefeierten amerikanischen Geigerin die Rede war, die mit einer – ganz recht! – einer Vuillaume, ebenfalls einer aus der Del-Gesù-Serie, auftrat.

Hollannt hatte davon auch schon gehört, verstand aber, was den Brief betraf, nicht ganz die Logik. Natürlich, der Weiterverkaufspreis seiner Geige lag nun höher, wesentlich höher, was aber bewog den Chinesen, dessen Eigentum das Instrument ja noch immer war, sie das wissen zu lassen? Er hätte sich Geld beschaffen, seine Schulden begleichen, die Geige zurückfordern und bei einem Verkauf, wie es jetzt aussah, ein nettes kleines Vermögen einstreichen können?

Kuppelwieser, der, ein wenig außer Atem, gerade hereineilte, kam auch nicht dahinter. Er sparte sich die Mühe, chinesische Gehirne entschlüsseln und, was sie produzieren, deuten zu wollen. Zur Sicherheit schaute er aber an diesem Abend doch noch einmal unten im Keller im Tresor nach. Da hing sie, das neu geadelte Stück! Unklar war jetzt nur noch, ob der Chinamann nur ein Gespenst war, eine Fälschung, die Summe zu vieler Zufälle.

Immerhin, ganz in Luft hatte er sich nicht aufgelöst, wie ein nächster Brief bewies, der zwei Wochen später in Wien eintraf, worin er die hohen Ausgaben, ein wenig entrüstet, mit der Begründung rechtfertigte, das Geld einem Bekannten geliehen zu haben, der es dringend gebraucht habe, dringender jedenfalls als er selbst, ein

Schachzug, der sich sicher bezahlt mache, zumal der Betreffende nichts weniger sei als der Sohn eines einflußreichen chinesischen Kapitalisten, der nach italienischen Instrumenten genug verrückt sei, um nicht ungeschoren davonkommen zu können. (»Ich hoffe, Sie verstehen, was ich hier in aller Eile erst einmal nur andeuten kann, und Sie vertrauen mir!«) Es folgten, auch das noch, zwei vertikale Reihen mit eigens gezeichneten chinesischen Schriftzeichen.

Kuppelwieser tobte! Der Teufel soll ihn holen, den Kerl! Soll er im Heizungskeller einer chinesischen Großwäscherei schmoren, an aufgekochtem Reis ersticken! Sollen sie ihn zu Shushi verarbeiten! Er schimpfte und fluchte und ersehnte sich den Beistand aller Feuer- und Folterköche Chinas; was zuviel des Eifers war. Eine kleine heftige, aber falsche Bewegung löste in seiner rechten Schulter einen Schmerz aus, der ihn an seine unbarmherzig konsequent ihr neues Leben genießende Freundin denken ließ. Das hatte er davon, seit er zu Hause auf der Couch schlief oder, seit neuestem und immer öfter, in der Stadt im Hotel übernachtete. Und der Chinamann sprach von Rückenschmerzen! Daß ich nicht lache! Ich glaube, wir sollten ihn vor vollendete Tatsachen stellen und ihm die Kreditkarte sperren lassen, bevor er noch mehr Schaden anrichtet. Er ist ein Gauner, Max, ein Hochstapler, einer, der nicht ganz richtig im Kopf ist. Am Ende sind wir es, die erpreßbar sind. Hab ich recht?

Das war die Frage. Eine schmutzige Geschichte oder eine Frage seiner Erziehung und, langfristig, vielleicht doch die richtige Strategie?

Inzwischen war Susan eifrig am Lesen, wie ein Anfänger Wort für Wort, Abschnitt für Abschnitt, und manchmal, wenn ihr etwas gefiel – auch, wenn sie es nicht ganz verstand, was ihr aber auch gefiel –, wollte sie es jemand vorlesen. Es war nur keiner da. Sie rief Kuppelwieser in seinem Hotel an und fragte ihn nach der Adresse des Professors. Zuerst allerdings war gar nicht er selbst am Apparat, sondern es meldete sich eine Frauenstimme, die sie aber sofort als die seiner Wahrsagerin identifizierte; sie war also doch wieder in Gnaden zurückgekehrt (und Susan fragte sich, ob sie ihr Tischchen, das mit den drei Beinen, mit ins Hotel geschleppt hatte?).

Hören Sie, schrieb sie, was ich gerade in einem Buch, das ich lese, gelesen habe. Also: *Buddy sagte damals, ein Mann müßte fähig sein, mit durchschnittener Kehle am Fuße eines Hügels zu liegen, und wenn dann ein hübsches Mädchen oder eine alte Frau vorbeikäme und einen schönen Krug trüge, dann müßte er fähig sein, sich auf einem Arm aufzustützen und zuzusehen, wie der Krug heil über den Gipfel des Hügels verschwände.* Sie wagte nicht, einen Kommentar abzugeben, warum sie die Stelle so toll fand. Sie kam einfach nicht dahinter, warum, auch wenn sie sie inzwischen auswendig konnte. Dann fiel ihr ein, daß der Professor sich vielleicht gar nicht an sie erinnern könnte, und schrieb: Leider wird in dem Buch – ich habe ganz genau aufgepaßt! – fast überhaupt nicht getrunken, nur am Anfang, wo Franny, so heißt das Mädchen, von dem das Buch handelt, ihren Freund trifft, mit dem sie dann streitet, und sie einen Cocktail nach dem andern bestellt, die mit Martini und Oliven, und davon wird ihr dann schlecht und so weiter. Und sie raucht zuviel, weil sie immer trauriger wird. Hinten auf den Umschlag schrieb sie (so deutlich, daß er, wie sie fand, einfach antworten *mußte*!) ihren vollen Namen und die Anschrift – und malte ein Herzchen dahinter.

Hollannt kannte, da war er großzügig, eine chinesische Bratschistin, mit der ihn – wie mit anderen Frauen auch – eine nie ganz beendete Affäre verband. Er würde sie anrufen.

Der Gedanke, eine Frau, die er mehr vergessen als verlassen hatte, könne ihm böse sein, kam ihm nicht – und wie kindisch war seine Verwunderung, wenn er das Gegenteil erlebte und seine (ihm selbst völlig unschuldig erscheinende) Männlichkeit kritisiert, wenn nicht, immer öfter neuerdings, mit scharfen, entsetzlich endgültigen Vorwürfen verhöhnt wurde.

Das Universum dehnte sich aus, wenn er an sie dachte, an die warmen Wölbungen und kleinen Verstecke ihres Körpers, an die federnde Gelenkigkeit ihrer Gliedmaßen und daran, wie sie, wie ein Kind, das Schutz sucht, gesagt hat: Ich will lernen, dich zu lieben! Hingehaucht! Unnahbar! Uneinnehmbar! Sie saß oder stand oder lag, wer weiß, und war nackt. Es kann, hatte Hollannt gedacht, wofür auch immer ich mich jetzt entscheide, nur mißlingen.

Er selbst gab sich, unsicher und ängstlich wie er Frauen gegenüber war, nur undeutlich zu erkennen. Er konnte über Gefühle reden, sie sich einbilden, das ja!; aber weil sie, wie er erlebt hatte, eine Gefahr darstellten, behandelte er sie vorsichtshalber wie Feinde und mischte, wie ein Spieler die Karten, eigene mit fremden Träumen, einen Anfang mit einem Ende, das Herzzerreißende eines Abschieds mit der Ruhe eines Jägers. Eine unheilvolle Sache! Sich heilen zu lassen, hatte Hollannt nicht vor, denn er dachte ja doch im Moment jeder ersten Begegnung bereits an die belebende Bitterkeit jener Schmerzen, die Menschen am Ende allein in verschiedene Richtungen mit sich davontragen.

Es gab Gründe, über einen wie Hollannt zu weinen (und Frauen taten das, Frauen, denen sein Einverständnis mit der Vergänglichkeit eines Augenblicks Angst einjagte), aber er baumelte eben gern über Abgründen. Andere neben ihm, auch sie ohne Grund unter den Füßen, verließ die Kraft. Er sah sie fallen. Dachte er manchmal daran, daß ihm einmal selbst so ein Sturz passieren könnte?

Er traf die Bratschistin und zeigte ihr, ein wenig verlegen, den Brief; einen Geschäftsbrief, wie er kleinlaut hinzufügte, in dem nur leider etwas auf chinesisch geschrieben sei, eine Kleinigkeit – und ob sie ihm das übersetzen könne.

Fast wäre das Blatt zu Boden gefallen, so sehr waren beide darauf bedacht, daß es beim Tausch des Briefes von seiner in ihre Hand zu keiner Berührung kam.

Er ließ den Gedanken, sie anschließend zu einem späten Abendessen einzuladen, fallen. Auch verwarf er die Idee, sein Angebot zu wiederholen, ihr die Bratsche zu richten, wann immer sie Probleme mit ihr bekommen sollte, und das jederzeit und kostenlos; wußte er doch, daß sie ihm nicht einmal mehr in seiner Eigenschaft als Geigenbauer vertraute. Irgendwie hätte er sich trotzdem gern mit etwas erkenntlich gezeigt, einer Geste, einer Aufmerksamkeit. Er hatte darüber nachgedacht und der Reihe nach die nachfolgenden Präsente verworfen: einen Strauß Blumen (lachhaft nach allem, was war!), ein Buch (nur was für eins, wo er sich weder mit Gedichten noch mit Romanen noch überhaupt mit Literatur auskannte, ihm keine Musikerbiographie einfiel, die sie nicht schon hatte, und er sich für einen Bildband über die landschaftlichen Schönheiten der Steiermark, wo er geboren und aufgewachsen war, dann doch nicht entschließen konnte!), ebenso wenig wie auf seinem Weg über den Wiener Brunnenmarkt für das Exemplar eines Granatapfels, dessen Farben sie so liebte, was genau das war, was die Frucht als Mitbringsel disqualifizierte. Nur keine Erinnerungen aufwärmen, nicht das Wiedersehen beginnen mit einer Anspielung an sein gutes Gedächtnis, was sie beide betraf, weshalb auch ein kompletter Satz neuer Darmsaiten, die sie sich einmal gewünscht hatte, ausschied. Ihre ganz profane Vorliebe für Schokolade, speziell belgische Schokolade, fiel ihm zu spät ein, da stand er schon vor ihrem Haus. Der Brief war doch, wie ihm dann schien – erschöpft wie er nach der ganzen Sucherei, vor allem ihrer Ergebnislosigkeit wegen, war –, eigentlich ideal: Man kam nicht ganz mit leeren Händen und konnte die Sache rasch abwickeln. Er hoffte einfach, sie bäte ihn vielleicht, wenn er nun mal schon da war, ebenfalls um einen kleinen Gefallen, um etwas Praktisches: einen Schrank verschieben, etwas bohren und dübeln und festschrauben, einen Handtuchhalter oder ein Arzneischränkchen, einen Nagel einschlagen oder einen Schalter untersuchen, der nicht funktionierte, was auch immer. Aber sie sagte nichts, und wahrscheinlich gab es in der mythologischen Vegetation ihrer Wohnung nicht einmal Steckdosen.

Sie hatte, was für ihn eine Wiederholung, ein dünnes, boshaftes Spiel gewesen war, ernst genommen, wie man als Kind den Kummer eines Stofftiers oder als Erwachsener das Geräusch des Regens ernst nimmt, dem zuliebe man nachts aufsteht und, um ihm zuzuhören, ein wenig das Fenster öffnet.

Sie ist rein, dachte er, aber Vorsicht, Reines ist an seinen Rändern scharf geschliffen, und genau deshalb gefährlich, auch wenn sie ihrem Wesen nach weich erscheint und romantisch, unfähig der Lügen leichtfertiger Vergnügungen, die er sich gestattete. Sie wartet, dachte er, wenn sie liebt, auf mehr als die Begegnung mit einem Mann, wie ich einer bin. Und so, wie sie ihn jetzt gerade wieder anschaute, wartete sie womöglich auf eine Entschuldigung oder Erklärung, ein Geständnis und, besiegelt durch die Macht einer Umarmung, das Wunder seiner Verwandlung!

Ein Brief eines Mitarbeiters, sagte er und wußte nicht mit den Händen wohin, eine Kleinigkeit – sein Zeigefinger sollte ihm aus der Verlegenheit helfen und machte sich auf den Weg, bevor er sich besann, auf halber Strecke eigensinnig in der Luft stehenblieb und dann seinen Rückzug, zurück in die Hosentasche, antrat –, da, diese komischen chinesischen Zeichen da.

Sie las sie – und schien auf unsichtbare Weise gleichzeitig zu erröten und zu lächeln, und übersetzte. *Das Leben ist voller Überraschungen. Nach glücklichen Tagen der Liebe offenbart sich die geheimnisvolle Natur der Frau.*

Alles hatte er erwartet, nur das nicht! Nach glücklichen Tagen der Liebe ... – was sollte, was war das, ein Scherz, chinesische Lyrik, eine anspielungsreiche Botschaft an Kuppelwieser, von dessen privaten Sorgen der Chinese doch eigentlich gar nichts wissen konnte? Am Ende ein Kommentar in eigener Sache? Nur, hatte ihn irgendwer jemals in Begleitung einer Frau gesehen?

Es war Hollannt jedenfalls peinlich, wie dieses ferne, wieder fremde Gesicht sich verschloß, wie die nachlassende Anspannung ihre Augen weitete und sie trotzdem weniger und weniger wahrnahmen. Er hätte dem Witzbold am liebsten den Hals umgedreht.

Warum wunderte er sich trotzdem, daß sie nichts verstand?

Es gab nichts, was komisch war, es sei denn das Gesicht, das er machte, während er zuschaute, wie sie den Brief zusammenfaltete und zurückgab.

Na ja, sagte er, soviel zum Geschäft.

Tut mir leid, sagte sie.

Da ich die ganze Geschichte nicht kenne, weiß ich nicht, ob ich mich bereits ihrem möglichen Ende nähere, wenn ich noch jenen Vorfall in Zürich erwähne, der den jungen Chinesen in Untersuchungshaft beförderte – und

Silvan Kuppelwieser, als er davon erfuhr, an den Rand der Selbstbeherrschung.

Er sei, hieß es, nach einem nächtlichen Überfall in einem Züricher Park im Morgengrauen, unversehrt eigentlich, aber mit heftigem Nasenbluten, auf einer Polizeiwache erschienen und habe behauptet, er sei bedroht, niedergeschlagen und schließlich ausgeraubt worden, beraubt um eine gerade erst beim Verkauf eines Geigenbogens erzielte, keineswegs unbeträchtliche Summe, die er unvorsichtiger Weise als Bargeld bei sich gehabt habe. War das ein Grund, einen Menschen, auch wenn er Ausländer war, gleich in eine Zelle zu sperren und eine Untersuchung einzuleiten? Nun, dem diensthabenden Inspektor kann man, wenn man ein Auge zudrückt, keinen Vorwurf machen. Ihm sei eben folgendes auffällig geworden: In der fraglichen Nacht hatte es wie aus Kübeln gegossen, das Opfer hingegen sei staubtrocken erschienen; ein Täuschungsmanöver, das sich der Einsicht des Chinesen, der sich gehorsamst abführen ließ, allerdings verschloß.

Eine Demütigung für den armen Kerl, gewiß, nur schlimmer, viel schlimmer noch muß etwas anderes gewesen sein. Es hatte sich, wenn ich mich recht erinnere, nicht um irgendeinen x-beliebigen Bogen gehandelt, den er verkauft hatte (oder gezwungen war zu verkaufen), sondern um den eigenen, seinen eigenen Bogen. Irgendwie, glaube ich, hatte mich gerade dieses Detail besonders berührt – oder mein Erzähler, wer immer es gewesen sein mochte, hatte es damals als besonders tragische Pointe herausgehoben. Und in der Tat, er hätte recht.

Nichts ist so sehr mit einem Geiger verbunden wie der Bogen. Es ist nicht die Geige, es ist der Bogen, mit dem er lebt, der zu ihm gehört wie die Hand, die ihn hält, wie der Arm, der ihn führt und ihm mit dem geringsten Druck auch nur eines Fingers befiehlt. Eingestimmt auf die Muskeln wird der Bogen selbst zum Arm. So gesehen kommt der Verlust des Bogens einer Amputation gleich, einer Selbstverstümmelung im Fall des Chinesen. Es mußte sich bei ihm um die Tat eines Verzweifelten gehandelt haben, denn freiwillig gibt kein Geiger seinen Bogen her, weil sich keiner auch nur vorstellen mag, wie er sich ohne ihn musikalisch zurechtfinden könnte. Den richtigen Bogen zu finden, ist Arbeit, eine Sache, die Geduld und Glück voraussetzt und ein kleines Vermögen verschlingt. Er ist es, der den Treibstoff der Seele in die Geige tankt.

Als rechtmäßiger Besitzer, der seine Ansprüche auf das Instrument tatsächlich einwandfrei nachweisen konnte, erschien einige Tage nach Abschiebung des Chinesen in sein Heimatland ein dicker, hutloser, alter Mann in Begleitung eines zwölfjährigen kaugummikauenden Mädchens, das er als seine Tochter vorstellte.

Hollannt schaffte es, das kleine Luder zu ignorieren. Interessanter waren ein paar Details, ein paar offene Fragen. Und Hollannt stellte sie.

Dann gehörte also die Geige die ganze Zeit Ihnen?

So ist es!

Er gab sie aber der Firma Kuppelwieser gegenüber als seine aus. Er hat sie uns zum Verkauf angeboten.

Ah ja, hat er das?

Als sein Eigentum, beziehungsweise das seines Vaters.

Tja, sagte er, das war's dann. Geben wir uns geschlagen.

Wie meinen Sie?

Er spielte wieder und brauchte Geld.

Spielte was, doch wohl nicht Geige?

Nein, Schicksal!

Und die Kleine da draußen, dachte Hollannt, der sich doch wieder ablenken ließ, was war die? Auch Schicksal? Er hätte jetzt gern Feierabend gehabt, Gelegenheit, sich eine Zigarette (oder, warum nicht, gleich eine von Kuppelwiesers handgedrehten Havannas) zu genehmigen, dazu einen Cognac, um diesen Herrn und dieses Mädchen unbemerkt und mit geschlossenen Augen einen Augenblick lang dem Spiel seiner Gedanken zu überlassen; einen langen Augenblick lang, am besten gleich jenem längsten und schönsten vor dem Einschlafen, wo sich solche Geschichten, ohne Lärm zu machen, von ganz alleine erzählen.

Dem Mann, angereist aus Montreux, war es offenbar ein Vergnügen, sich mit jemandem, der etwas von Musik, von Musikern und von Instrumenten verstand, unterhalten zu können, aber erst einmal hatte er den Schock, die kriminelle Energie seines Schützlings unterschätzt zu haben, zu verdauen.

Ihm sei, erzählte er, als sie sich vor einem halben Jahr etwa zufällig am Bellevue in Zürich getroffen hätten, natürlich nicht entgangen, daß etwas nicht stimmte mit seinem Sorgenkind und habe ihn deshalb in das nahe

Restaurant Kronenhalle auf einen Nachtisch und einen Kaffee eingeladen. Er stritt nicht ab, mehr als nur einmal täglich an den Besuch einer Spielbank gedacht zu haben, sei aber Gott sei Dank stark genug geblieben und nicht rückfällig geworden, nicht wieder. Nicht nur, daß er es schaffte, daß ich ihm das abnahm und mich fast entschuldigt hätte für mein Mißtrauen, er brachte sogar noch das Kunststück fertig und schwatzte mir bei der gleichen Gelegenheit einen Bogen ab, von dem er wußte, daß ich ihn besaß, und den er, wie er sagte, unbedingt besitzen müsse, leihweise natürlich.

Einen Tourte!

Natürlich, was sonst. Sie wissen, er kann einen ja, auch wenn er einen anlügt, faszinieren, und wie erst, wenn er eine Geige unterm Kinn und einen Geigenbogen, den richtigen, in der Hand hat.

Der Mann ließ, als habe er nur das passende Stichwort abgewartet, seine Hände in ein Paar offenbar gerade gekaufte, nagelneue Handschuhe gleiten (und das, obwohl es Hochsommer war und drinnen wie draußen heiß!) und gleichzeitig, angeregt vielleicht durch das geschmeidige Spreizen der Finger, seine Gedanken abschweifen bis an jene Grenze, an der ein anderer ihm das Buch, das er bei sich trug, aus der Hand nahm, ein herrisches, betäubend wortreiches Unding von einem Buch, dessen Tausende von Seiten er gerade erst – zum wievielten Male eigentlich? – wiedergelesen hatte und das er sich, wie er fürchtete, bei nächster Gelegenheit – und koste es ihn noch einmal ein ganzes Jahr – gleich noch einmal würde vornehmen wollen, eine Figur selbst wie aus einem Roman, einen wenig beneidenswerten französischen Baron (einen, wie sich herausstellt, falschen auch noch!), der dabei war, sich durch ein Verhältnis mit einem Geiger zu ruinieren. Liebe, Laster, Lust, und nicht einmal die Musik war mächtig genug, dem Leiden (und seinem ans Prunkvolle grenzenden Genuß daran) Widerstand zu leisten. Nur, der Süchtige, dachte er, war in diesem Fall (einem authentischen im übrigen mit einem, wie alle Welt wußte, echten Baron!) nicht der Geiger, der allenfalls krankhaft selbstsüchtig war, sondern dieser arme Bedauernswerte, dieser trotz aller gesellschaftlichen Kontakte exzentrisch Einsame, der in Täuschungen dahinlebte wie der Fisch, welcher meint, das Wasser, in dem er schwimmt, breite sich auch jenseits der Glasscheibe seines Aquariums aus.

Ausgezeichnet! Sein Gesicht strahlte. Schauen Sie! Man macht eine Faust, und es schnürt einem nicht die Finger ab, nicht einen – was er auch gleich einige Male demonstrierte. Und das Material! Rehleder! Und nicht einmal übermäßig teuer! Na ja, wenn ich sie, wie die vielen Male zuvor, nur nicht gleich nachher wieder irgendwo liegen lassen würde.

Er wandte sich gut gelaunt dann wieder Hollannt zu. Ich war natürlich neugierig, ob er, wie er das behauptete, seine Sucht inzwischen überwunden hatte, und entschloß mich, da er ja nun mal gerade in der Schweiz und ich, nebenbei bemerkt, ziemlich sauer war über die Entdeckung, daß er neben seinem eigenen noch einen zweiten, also gefälschten Paß bei sich hatte – na klar, dachte Hollannt, wie hätte er sich sonst Zutritt zu einem Spieltisch verschaffen sollen? –, ihn ein wenig beschatten zu lassen. Hat er Ihnen gegenüber eigentlich jemals einen Pianisten erwähnt, einen, ich weiß nicht mehr welcher Nationalität, rumänischen oder polnischen Pianisten?

Einen slowenischen, soviel ich weiß, der ihn bestohlen haben soll, ja.

Alle Achtung! Der Junge, das muß man ihm lassen, überließ wirklich nichts dem Zufall – eine Einsicht, die dem Mann offensichtlich Bewunderung abnötigte. Der dann eben *slowenischer* Pianist war, wie ich durch meine Leute erfuhr, in Wahrheit natürlich kein Pianist, auch sonst kein Musiker, nein, sondern ein von ihm bezahlter Mitarbeiter, ein talentierter Tüftler, der Tag für Tag, und meist die Nächte hindurch auch noch, mit weiter nichts beschäftigt war, als Kaffee zu trinken und Permanenzen und allerlei sonstige Wahrscheinlichkeitstheorien zu errechnen, die die beiden, bevor es dann in die Spielbanken ging, bei Pferderennen testeten.

Ungerade Zahlen! Hollannt konnte sich die Lösung des Rätsels denken.

Eigentlich dachte ich am Anfang, als wir uns kennenlernten – er hat da, glaube ich, noch studiert –, daß es kein Problem sein könne, ihn von seiner Abhängigkeit zu kurieren. Warum auch. Ich hatte eine Geige, und nicht eben irgendeine, die ich ihm für einige Jahre überlassen wollte – was ich dann ja auch tatsächlich tat –, und ich hatte einen Plan. Ihm würde, aufgrund meiner bescheidenen Beziehungen, von jeder Spielbank, die durch mein Büro informiert werden würde, der Zutritt verwehrt werden, in der Schweiz natürlich, aber auch in

Deutschland, auch in Wien, was zuerst auch einigermaßen funktionierte, zumindest dort, wo er als Stammgast bekannt gewesen war. Ich hoffte immer noch, daß er es schaffen, daß er seinen Weg als Geiger machen würde. Er rief mich manchmal an, oder wir trafen uns gelegentlich. Und jedesmal sah die Sache, an die ich glaubte, besser aus. Er hatte wieder diesen Knutschfleck, wie ich das immer nenne, dieses Wundmal am Hals, das regelrecht entzündet war, ja manchmal fast blutete. Er hatte also, wie ich annehmen mußte, was getan, sich besonnen, tatsächlich gespielt, jeden Tag und den ganzen Tag lang geübt. Mir gegenüber behauptete er jedenfalls, clean zu sein. Endgültig, wie er versicherte.

Hollannt hörte zu – und hatte, auch wenn es ihm nicht gefiel, fast mehr Mitleid mit ihm, diesem um die Gefühle eines Vaters betrogenen Mann, als mit dem Betrüger.

Ich erinnere mich, wie er, ich hatte da gerade Geburtstag und Gäste, uneingeladen in Montreux erschien, unsere Geige dabei hatte und mir ein Ständchen darbrachte, meisterhaft gespielt, *dolcissima*, mit einem gut gelaunten und ebenso komischen wie sympathischen Triumphieren bis hinein in den leisesten Ton, Lehars *Lippen schweigen, 's flüstern Geigen, hab mich lieb* aus seiner Lustigen Witwe. Bitte, eine kleine liebenswerte Schnulze, natürlich, ein Zuckerl, wie Sie hier in Wien wohl sagen, nicht wahr, aber irgendwie auch die wahre, die traurige Geschichte, die seiner Sucht, seiner Lügen, seiner Einsamkeit.

Hab mich lieb!

Dieser Mann, das beeindruckte Hollannt dann doch,

mußte ihn liebgehabt haben – und ihn, wie einen Sohn eben, trotz aller Enttäuschungen noch immer haben.

Hollannt ging es, ehrlich gesagt, nicht anders, auch jetzt nicht, wo ein weiteres Rätsel gelüftet, eine nächste Lüge entdeckt und entschärft war. Die Geschichte mit seinem überstürzt aus Australien eingeflogenen leiblichen Vater, dem, wie sich jetzt ja herausgestellt hatte, falschen Eigentümer der Geige sozusagen. Statt dessen war er seinem Gönner und dessen Gästen etwas schuldig, und wenn schon ein Auftritt als Geiger, dann auch mit jenem Instrument, mit dem er vom Geburtstagskind beschenkt worden war. Hollannt hatte ihm die Geschichte damals abgenommen und noch bis vor wenigen Minuten einen gebrochenen alten Mann in einer Züricher Pension vor Augen gehabt, der auf das Klopfen an der Tür wartete, auf seinen Sohn – und jetzt sah er die Bühne sich drehen und den Blick freigeben auf eine prächtige, von mächtigen Bäumen flankierte Villa am Seeufer mit Steinstufen zum Wasser hinunter, mit Schwänen (von Anmut keine Rede, das war pure Arroganz, wie die sich benahmen!) und Enten (angeheuert gegen geringere Gage!), einem privaten, in einem Schuppen vertäuten musealen Wassertaxi und pünktlich um Mitternacht einem Feuerwerk; was für ein Kontrast zu dem niedergeschlagenen, zum ersten Mal kleinlauten, fast weinenden jungen Mann, der ihn damals um ein Gespräch unter vier Augen gebeten und dann mit der Bitte in Verlegenheit gebracht hatte, ihm »seine« Vuillaume, die von der Firma als letzte Sicherheit einbehaltene, im Tresor schlafende Vuillaume auszuleihen, ohne die er seinem Vater nicht unter die Augen treten könne. So weit, daß er androhte, in einen Hungerstreik zu treten, war er nicht gegangen (er war inzwischen ohnehin schon erschreckend abgemagert), und das Instrument einfach zurückfordern konnte er auch nicht, und er war klug genug, es gar nicht erst zu versuchen, aber er saß, das war ihm anzumerken, in der Falle: entweder Geld oder Geige! Ein Gefangener im Gebäude phantastischer Hirngespinste!

Es war klar, daß Hollannt das Recht hatte, sich mit seiner Entscheidung Zeit zu nehmen, genügend Zeit; sie ließ eine verwehende Spur vieler Träume zurück – und Gedanken wie sonst nur nachts, wenn der Verstand keine Komplizen mehr aufbieten kann gegen sein Verdämmern und, gegen seinen Willen, von Erinnerungen in den Schlaf gesungen wird. Eine, die sich einstellte, war die an jene Nacht in Tokio, in der sie sich, schwer zu sagen, ob zwei oder drei oder vier Stunden lang, wie Freunde aufgeführt hatten. Nur, sie waren keine Freunde, nicht vorher, nicht nachher. Sie hatten sich danach angezogen und zurückverwandelt in Fremde.

Sich nur keine Verlegenheit anmerken lassen! Und mit dem Nachdenken nicht übertreiben; zum Beispiel darüber, ob auch die Nacht damals nur ein abgekartetes Spiel gewesen sein könnte, auch das mit den Mädchen, die sie mitgenommen und mit denen sie sich, jeder mit einer, zur gleichen Zeit im gleichen Zimmer vergnügt hatten.

Wenn Hollannt schon damals gewußt hätte, was er jetzt wußte, hätte er der Versuchung widerstanden, den

Abend nach einem Essen und vielleicht noch einem Drink irgendwo beendet und sich im Hotelzimmer bis zum Einschlafen mit dem Fernsehprogramm begnügt? Aber darüber noch nachdenken?

Hollannt hatte ihm natürlich klar gemacht, was für ihn auf dem Spiel stünde, ihm die Geige heimlich und auf weiter nichts als sein Ehrenwort hin zu leihen, sie ihm schließlich aber dann doch ausgehändigt (und an jenem Wochenende, wie er sich erinnerte, schlecht geschlafen und noch Tage später mit den Bruchstücken wirrer Träume zu kämpfen gehabt, den Zickzacklinien einer aussichtslosen Flucht und unerklärlicherweise einem Tropfen Blut, der ihm die Hand durchbohrte).

Sein Vater! Dieser Vater, den er immer erwähnte! Den gab es wahrscheinlich auch nur als rührselige Erfindung. Oder er war längst tot oder hatte die Familie verlassen, und der Sohn erinnerte sich deshalb entweder nur ungern oder überhaupt nicht an ihn – oder er lebte, von seinem Sohn vergöttert oder ignoriert, gar nicht in Australien, sondern seit seiner Geburt in Shanghai und war gar kein so übler Kerl, sondern einer, wer weiß, der seine Familie liebte, seinen Sohn ganz besonders, auch wenn er aus verständlicher liebevoller Sorge vielleicht dagegen war, daß das Kind die Schule schmiß und sich ganz der Musik verschrieb, einer Musik noch dazu, die er, ein Mann der Meditation, der Konzentration auf die Klangwelten der Stille, nicht besonders mochte, die ihm zu laut, zu pompös, zu technisch erschien, was wohl ausschloß, sich ihn als Geigenlehrer vorzustellen.

Es konnte sich einem der Kopf drehen, vor allem,

wenn man in Erwägung zog, daß er in diesem Fall ja ausnahmsweise mal die Wahrheit gesagt haben könnte – und während in Montreux also die Champagnerkorken knallten, saß in Zürich …

Mag sein, daß es ihm gerade einigermaßen gutging, weil er ein paar Wochen, einige Monate, ein halbes Jahr vielleicht durchgehalten hatte – und deshalb annahm, geheilt zu sein. Ich kannte und kenne in der Schweiz genug Leute, darunter bedauerlicherweise einen meiner Brüder – in seinem Fall war es, bevor er daran krepierte, der Alkohol –, die sich auch hin und wieder einbildeten, runter zu sein von ihrer Sucht und es gleich jedem erzählten, früher oder später dann aber den Entzug einfach nicht mehr aushielten. Kein einfaches Leben, von der Koordination all der Lügen ganz zu schweigen, Lügen, die sich ja wie Teile eines Puzzles ergänzen müssen, die sich jedenfalls nie zu offensichtlich widersprechen dürfen! Ich kenne mich da, wie gesagt, ein wenig aus. Einer, der lügt, hört irgendwann auf, einfach nur ein Lügner, ein durchschnittlicher Aufschneider und Angeber zu sein, weil er längst glaubt, was er der Welt da auftischt. Er will ja nicht wie jeder handelsübliche Illusionist etwas aus einem Zylinder hervorzaubern, im Gegenteil: Er will, was seine Welt stört, dort verschwinden lassen; er will die Welt wegzaubern. Mit einem Kaninchen wie für die Kinder ist es nicht getan, obwohl unser Freund, dieser Kindskopf, bevor er der Kugel, dem Kessel und seinem Tick mit den ungeraden Zahlen verfiel, als Musiker mit solchen Spielereien seinen Spaß hatte, und wir auch, nicht wahr? Aber die Musik schlich sich aus seinem Leben davon, immer mehr. Sie zerfiel, zersprang, verdunstete. Sein Verstand auch!

Er suchte den kleinen antiken Tisch, voll mit Zeitungen und Zeitschriften und ganzen Stapeln von aktuellen Konzertprogrammen, nach einem Aschenbecher ab; vergeblich, wie er vermutet hatte. Leider! Als Trost bot ein Körbchen Pfefferminzbonbons an, von denen er sich eines nahm, aus dem Papier wickelte, in den Mund steckte und von einer Backe in die andere wandern ließ.

Ich war ja, verstehen Sie, ahnungslos, völlig ahnungslos, in welcher Welt er lebte, in welcher verschlossenen, von jedem Beifall, jeder Begeisterung seines Konzertpublikums restlos abgeschotteten Welt. Der Spieltisch, nicht das Podium war der Ernstfall. Wer in einer Spielbank abräumt, hinterläßt Stille; allenfalls hört er ein Seufzen neben oder hinter sich, das Aufstöhnen eines Besiegten wie nach einem Kampf. Wer spielt, will nicht – wie ein Geiger das will! – eine Armee von Bewunderern erobern, ihm genügt das Entsetzen auf ihren Gesichtern. Einer, der die Wahrheit der Musik gegen die Lügen eines Suchtkranken vertauscht, lebt in der vollkommenen Unwirklichkeit.

Vom Probenraum im Keller des Geschäfts herauf hörte man eine Geige, offenbar ein Kunde, der sich die Zeit vertrieb – oder sich Mühe gab, sich und seine Anwesenheit dort unten in Erinnerung zu rufen.

Allerdings, fuhr der kleine, dicke, hutlose Mann völlig unbekümmert fort – offenbar war ihm jetzt doch noch heiß geworden, denn er entledigte sich seiner

Handschuhe und strich sich über seinen kahlen Schädel –, leben nicht alle Künstler, auch alle Komponisten in dieser Unwirklichkeit? Waren sie nicht alle, fast alle, mehr an Zahlen als an Noten interessiert, die reinen Stimmungsmacher unter ihnen mal nicht mitgerechnet, obwohl selbst die bis drei zählen konnten? Ein erster Ton, eine Folge von Tönen, danach die Gesetze der Kunst! Ich kann die Faszination verstehen, die ihn verführt hat, der Musik das Kostüm von den Schultern zu reißen und sie ganz den nackten Zahlen und den möglichen, allen denkbaren Kombinationen auszuliefern. Einstein, selbst Geiger, soll, als er noch als junger, nicht sehr bekannter Mensch in Zürich lebte, während eines Konzerts zu einer Dame, die neben ihm saß und vor Rührung den Tränen nahe war, gesagt haben, und das alles andere als höflich oder leise: Ja heiliger Strohsack! Wozu soll das denn gut sein, daß Sie weinen? Musik ist Mathematik!

Der Mann lachte über diese kleine und möglicherweise nicht einmal erfundene Anekdote mit der Lust eines Lausbuben, dem es gelungen ist, mit einem Kurzschluß gleichzeitig die Leselampe des Vaters, den Föhn der Mutter und endlich auch den verhaßten Plattenspieler des Bruders außer Gefecht gesetzt zu haben, und dies alles um so mehr genießt, als er ja weiß: Um ihn finden und ihm eine Tracht Prügel verpassen zu können, auch dazu war es zu dunkel.

Hatte Hollannt anfangs noch vorgehabt, einer Idee seines Chefs zuliebe, der ein Geschäft witterte, mit dem Mann über einen Ankauf des Instruments verhandeln zu wollen, gab er diesen Gedanken spätestens jetzt auf. Ausgeschlossen, daß er das gute Stück ihm oder sonst einem Händler überlassen würde – und ganz sicher verstand er genug vom Leben einer Geige, von seiner Seele, seiner Gesundheit, daß er nicht vorhatte, sie in einem Safe zur Ruhe zu betten. Einer wie er würde wieder einen Würdigen, einen Würdigeren, wie er hoffte, finden (oder hatte ihn bereits erwählt), dem er sie als Leihgabe zum Geschenk machte. Und noch etwas schloß jede Möglichkeit einer sich für die Firma lohnenden Transaktion aus: die Vuillaume war ihm allein schon als Erinnerungsstück inzwischen sicher mehr wert als jede Summe, die ein Gutachter objektiv und ein Liebhaber völlig subjektiv festsetzen würde.

Ob er am Ende, wie es ihm mit seinen Handschuhen ging, vor lauter Reden einfach vergaß, die Geige zurückzufordern; noch hing sie ja im Tresor? Vielleicht ergab sich zu einem anderen Zeitpunkt und in einer weniger emotionalen Konfrontation dann doch noch eine Chance, die Vuillaume an Land zu ziehen? Er mußte nur so weiter machen – und er machte weiter.

Ausgehend von der ersten Lüge, entwirft sein Gehirn mit der Klarheit eines Rechners ein System aller notwendig folgenden Lügen, die nichts mehr mit der Realität zu tun haben, tatsächlich aber ihm, der inzwischen längst natürlich vergessen hat, daß er lügt, immer wirklicher vorkommen. Sinn macht, was hilft, nicht aufzufliegen, und nicht etwa die Hoffnung, am Spieltisch reich werden zu wollen. Man will nicht reich werden, kein Spieler will das, nicht jedenfalls länger als eine Nacht.

Ein Spieler will spielen, das ist alles! Der Rest ist Theorie. Er will, nichts anderes beschäftigt sein Denken und raubt ihm den Schlaf und ruiniert seine Gesundheit und seine Nerven, die Gesetze verstehen, den Zufall erobern, will die Chance einer Unwahrscheinlichkeit, zum Beispiel die einer dreimal hintereinander fallenden Zero, als erster und einziger am Tisch so rechtzeitig erkennen, sie *fühlen*. Aber in erster Linie will er spielen, nur spielen, das nächste Spiel und noch eines. Er will, wie der Surfer die Welle, die Strähne erwischen, den Lauf, auch wenn es alles kostet, was je zu gewinnen sein würde. Interessant, nicht?

Nicht interessanter als der Besuch vorgestern in der Staatsoper, dachte Hollannt, als er einen Kunden begleitet hatte (knallharter Geschäftsinteressen wegen hatte begleiten müssen!), Mozart, Don Giovanni. Spielen, verführen, lieben, nicht lieben, das nächste Spiel, die nächste Stadt, noch eine und noch eine, ankommen, abhauen, kein Schlaf, keine Nerven, kein Entkommen – auch, jawohl, auch wenn es alles kostet, was je zu gewinnen sein würde! Eigentlich hätte er es sich denken können, daß er – von seinem Platz in der Seitenloge aus – seine Donna Anna mit ihrer Bratsche im Orchestergraben sitzen sehen würde. Was für ein Anblick, sie unten, er oben, er in doppelter Ausfertigung, in der Loge einer, der andere auf der Bühne. Und alle hatten sie zu tun mit einer Geschichte, über der nach zwei Stunden zwar der Vorhang fällt, sage aber keiner, sie sei deshalb zu Ende. Wie erst sah die Hölle danach aus?

Trotzdem, sagte der Mann, ich wollte ihm helfen und

lieh ihm also das teure, von ihm erbetene, geradezu angebetete Stück. Es war seine letzte Chance, seine allerletzte.

Hollannt schüttelte den Kopf. Es war nicht *seine* letzte Chance, es war nur das letzte, was Sie für ihn tun konnten, eine sicher gutgemeinte, aber letztlich sentimentale Geste.

Der Mann schaute Hollannt an, als sähe er ihn zum ersten Mal. Na großartig. Sie gefallen mir!

Seinem Gesichtsausdruck nach überlegte er wahrscheinlich gerade, ob er widersprechen und sich verteidigen oder die Tatsache akzeptieren sollte, sich tatsächlich nicht klug verhalten, nicht so, wie es nötig gewesen wäre, um seinen jungen Freund gekümmert zu haben. Gut zu wissen, geliebt zu haben, dachte er! Nur dann macht man solche Fehler.

Haben Sie mit ihm je darüber gesprochen?

Worüber?

Was er sich noch zutraute?

Was er sich zutraute? Zwei Konzerte in einem, am gleichen Abend, vor der Pause Beethoven, danach Sibelius. Das traute er sich zu. Was, frage ich Sie, soll man da noch groß reden? Und Sie, wollte er wissen, worüber haben Sie gesprochen.

Für uns war er nicht als Geiger interessant, sondern als möglicher Partner, als ›unser Mann in Hongkong‹.

Ist das wahr? Und?

Was sollte Hollannt antworten? Die Dreizehn, die Unglückszahl, ist sicher nicht umsonst eine ungerade Zahl. Der Junge wußte ganz einfach nicht mehr, was er tat. Er hatte einen Schneeball geworfen, der sich in eine Lawine verwandelt hat.

Die ganze Zeit, während er zugehört und geredet und zugehört hatte, hatte Hollannt an ein Flugzeug gedacht, das in der Nacht dahinflog, und an einen unglücklichen Passagier darin – und gleichzeitig an den Tag, als man ihn der Tatsache überführte, daß er keine Noten lesen konnte! Er war erst einmal nicht nur seinen Lehrer los, was schon schlimm genug ist, und als Betrüger blamiert – eigentlich war er selbst der Betrogene! Er war um die Idee, was Musik war, was sie bedeutet, was sie ihm bedeutet hatte, betrogen worden; er war alphabetisiert, zurechtgestutzt, abgerichtet worden. Der Faden war gerissen, das Vergnügen zerstört, die Freude ihm ausgetrieben worden. Aus einem Träumer war ein Gebrauchsgegenstand, aus einem Künstler ein Könner geworden. Ob der Mann seine Ansicht teilte?

Und ob! Natürlich! Natürlich, so war es. Was für ein Ignorant von einem Lehrer! Was für ein Dummkopf! Man sollte diese Professoren bis auf wenige Ausnahmen alle aus dem Verkehr ziehen, was immer schon meine Meinung war. Arme Studenten! Arme Musik! Seine Stimme war scharf geworden. Er war wirklich wütend! Das Dümmste, was ihm hatte passieren können. Ein Tiefschlag, von dem er sich – und alles, was danach passierte, beweist es ja – nie wieder erholt hat.

Er beruhigte sich wieder. Es war ihm unangenehm, laut geworden zu sein. Und wie, um sich für sein Verhalten zu entschuldigen und seinen Fehler wieder gut zu machen, ließ er seine Stimme sinken, ganz so, als spräche er nur noch zu sich selbst. Er hätte als Jongleur zum Zirkus gehen sollen. Er war auf einer Sprungfeder geboren. Mein Gott, er …

Ein Geräusch unterbrach ihn, das Klirren kleiner Steine, die an der Scheibe abprallten.

Er sah sie draußen auf dem Kotflügel herumrutschen und nickte ihr zu, was die Kleine nicht davon abhielt, weiter ihren Vorrat abzufeuern.

Inhalt

Wolf Wondratschek im dtv

»Wondratschek erzählt unerhörte Begebenheiten und wunderliche Schicksale mit seltener Prägnanz, lakonisch und lebendig.«
Gert Mattenklott

Die große Beleidigung
Vier Erzählungen
ISBN 978-3-423-13059-2

Mozarts Friseur
ISBN 978-3-423-13186-5

Die Einsamkeit der Männer
Carmen
oder Bin ich das Arschloch der achtziger Jahre
Gedichte
ISBN 978-3-423-13332-6

Im Dickicht der Fäuste
ISBN 978-3-423-13362-3

Mara
Eine Erzählung
ISBN 978-3-423-13407-1

Einer von der Straße
Roman
ISBN 978-3-423-13426-2

Tabori in Fuschl
Gedichte
ISBN 978-3-423-13458-3

Kelly-Briefe
ISBN 978-3-423-13480-4

Früher begann der Tag mit einer Schußwunde
Ein Bauer zeugt mit einer Bäuerin einen Bauernjungen, der unbedingt Knecht werden will
ISBN 978-3-423-13527-6

Die weißen Jahre
Reportagen und Stories
ISBN 978-3-423-13541-2

Chuck's Zimmer
Gedichte-Lieder
ISBN 978-3-423-13576-4

Saint Tropez
und andere Erzählungen
ISBN 978-3-423-13647-1

Lied von der Liebe
ISBN 978-3-423-13664-8